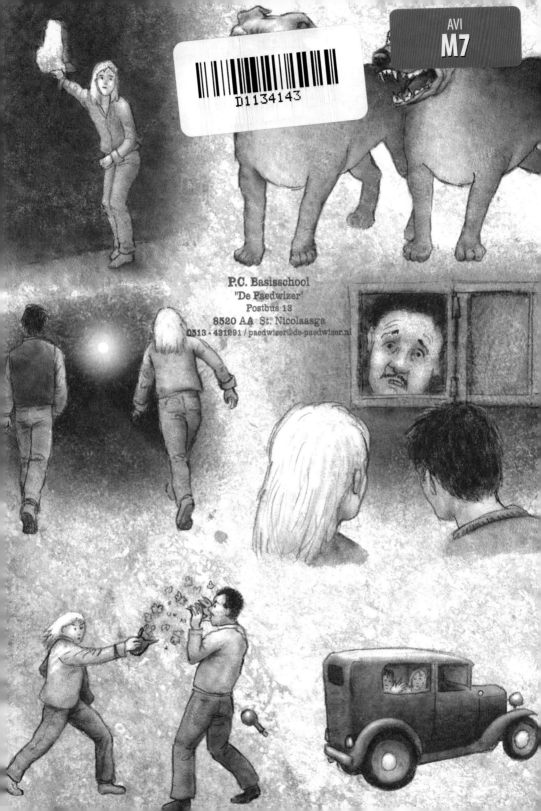

AVI
M7

D1134143

P.C. Basisschool
"De Paedwizer"
Postbus 13
8520 AA St. Nicolaasga
0513 - 431291 / paedwizer@de-paedwizer.nl

Vlinders droom

Vlinders droom

Femke Dekker
Met tekeningen van Wim Euverman

LEES N!VEAU

	ME	ME	ME	ME	ME		
AVI	S	3	4	5	6	7	P
CLIB	S	3	4	5	6	7	8	P

dromen, avontuur

Toegekend door Cito i.s.m. KPC Groep

1e druk 2007
ISBN 978.90.276.7456.2
NUR 283

© 2007 Tekst: Femke Dekker
© 2007 Illustraties: Wim Euverman
Uitgeverij Zwijsen B.V., Tilburg
Vormgeving: Rob Galema

Voor België:
Zwijsen-Infoboek, Meerhout
D/2007/1919/319

Inhoud

De jaarmarkt	11
Een dure droom	20
Nachtmerries	31
Grijp je kans!	43
De zwarte trein	52
IJzeren Poort	62
De waakdromen	71
De levende nachtmerrie	80
De wenskamer	90
Vlinders droom	96
De waarzegster	104

De jaarmarkt

'Gelúk! Een jaar lang geluk! Betaal slechts twee tientjes en het kan niet meer stuk!'
'Dolle pret! Bezoek het theater en lach je gek! Fantastische grappen, geweldig toneel!'
'Schitterende sieraden! Armbanden, kettingen, broches, echt zilver en echt goud!'
Vertwijfeld stonden Vlinder en Lang aan de rand van het grasveld, waar de jaarmarkt werd gehouden. Het was het eerste jaar dat ze erheen mochten, maar ze hadden niet verwacht dat de markt zo groot was en dat er zoveel verschillende mensen waren. Van heinde en verre waren ze gekomen om hun waar te verkopen. Sommigen zagen er vreemd uit, met kleding en haardrachten die Vlinder nog nooit eerder had gezien. Sommige mensen hadden zelfs hun gezicht beschilderd. En er werden zoveel spullen verkocht.
Vlinder pakte het leren portemonneetje vast, dat om haar hals hing.
'Hoeveel geld heb jij?' vroeg ze aan Lang.
'Ik weet het niet precies, in ieder geval een briefje van twintig.'
'Een briefje van twintig?!' riep Vlinder verrast uit. 'Hoe kom je daar nou aan?'
Lang haalde zijn schouders op.

'Van mijn vader gekregen. Hij zei: "Het is maar één keer per jaar jaarmarkt, besteed het goed."'

Vlinder zuchtte. Een briefje van twintig, zoveel geld zou zij vast nooit bezitten. Ze had niet eens een briefje van tien. In haar portemonnee zaten alleen wat gewone euro's en een heleboel muntjes van tien en twintig eurocent.

Ze grinnikte.

'Dan kun je een jaar lang geluk kopen.'

Ze had nooit gedacht dat zoiets te koop zou zijn. Een jaar lang geluk, hoe zou dat eruitzien? Ze nam zich voor om alleen normale dingen te kopen, een haarspeld bijvoorbeeld. Al die andere dingen ... Het waren vast bedriegers die dat soort zaken verkochten.

Ze had drie dingen goed in haar oren geknoopt voordat ze naar de jaarmarkt ging: kijk uit voor zakkenrollers en dieven, probeer af te dingen bij alles wat je koopt en laat je niet bedriegen.

Ze schrok op van luid getoeter en Lang trok haar snel opzij voor de wagen die kwam aanrijden. Het was een grote limousine met een chauffeur. Achterin zat een chique mijnheer met witte handschoenen en een hoed. Alles aan de auto glom en blonk. De lederen zitting was lichtrood en zag er comfortabeler uit dan het bankstel bij Vlinder thuis. Met open mond staarde ze de wagen na.

Lang was niet minder onder de indruk.

'Dat is de directeur van de petroleumfabriek,' stamelde hij vol ontzag. 'De rijkste man van de stad!'

Vlinder snoof minachtend.

'Wat doet die eigenlijk op de jaarmarkt?' vroeg Lang verbaasd.

'Nog meer geld verdienen over de ruggen van arme mensen,' mompelde Vlinder.

'Dat mag je niet zeggen!' fluisterde Lang.

Vlinder antwoordde niet. Iemand trok aan haar shirt en toen ze opzij keek, keek ze recht in de tandeloze glimlach van een oude vrouw.

'Ik jouw toekomst voorspellen,' zei de vrouw met een knikje. Vlinder schudde haar hoofd. Laat je niet bedriegen, dacht ze, maar de waarzegster liet zich niet afschepen. Hoe oud zou ze zijn? vroeg Vlinder zich af, en waar kwam ze eigenlijk vandaan? Ze praatte met zo'n vreemd accent.

'Ik jouw toekomst voorspellen,' herhaalde de vrouw. Ze aaide over Vlinders arm en pakte haar hand.

'O!' riep ze uit. 'Jij mooie toekomst. Mooie handen, mooie toekomst, jij heel bijzonder meisje.'

Vlinder schudde weer haar hoofd, trok haar hand terug en zei resoluut: 'Nee.'

Maar de oude vrouw bleef aanhouden.

'Hee!' riep Lang. 'Heb je haar niet gehoord? "Nee", zei ze, en nu oprotten. Ga maar iemand anders zijn centen aftroggelen.'

De vrouw keek Lang boos en geschokt aan.

'Jij niet mooie toekomst,' zei ze. Haar stem klonk plotseling boosaardig. 'Jij slecht mens.'

Lang lachte haar uit. De vrouw aaide nog even over Vlinders arm en verdween in de menigte.

'Dat was niet aardig,' zei Vlinder.

'Van aardig zijn word je niet rijk,' antwoordde Lang. 'Kom, laten we naar de dromenverkoper gaan.'

Hij trok Vlinder mee, verder de markt op.

'De wat?! De dromenverkoper?' riep Vlinder hard lachend uit. 'Eerst jaag je een waarzegster weg en vervolgens wil je naar een dromenverkoper?'

Vlinder hield het niet meer, ze schaterde van het lachen. Het was helemaal niets voor Lang om zijn geld aan dat soort onzin uit te geven. Ze veegde de tranen uit haar ogen.

Lang stond met zijn armen over elkaar te wachten tot ze uitgelachen was. Daarna vroeg hij: 'Heb je nog nooit van de dromenverkoper gehoord?'

'Nee,' hikte Vlinder, en bijna begon ze opnieuw.

Lang schudde zijn hoofd.

'De dromenverkoper is anders hartstikke beroemd. Hij kan je iedere droom geven die je maar wilt: rijk en beroemd, helikopterpiloot, alle geluk van de wereld.'

'Jaja,' zei Vlinder, 'en waarover wil jij dan dromen?'

'Dat ik rijk en beroemd ben, natuurlijk.'

'Nou goed,' zei Vlinder. 'Als je daar per se je geld aan wilt uitgeven. Dromen zijn bedrog, volgens mij, maar ik wil die dromenverkoper wel eens zien.'

Achter Lang aan baande Vlinder zich een weg door de mensenmassa. Het kostte haar moeite hem bij te houden. Voortdurend doken er mensen op, die haar voor de voeten liepen en bij sommige kramen was het zo druk dat ze zich er bijna met geweld doorheen moest breken. Ze trapte op tenen, ellebogen porden in haar ribben, mensen klampten haar aan.

'Lang!' riep ze, toen ze hem bijna kwijtraakte. 'Wacht, Lang! Ik houd je niet bij!'

Wonder boven wonder hoorde hij haar. Hij draaide zich om en wachtte tot ze hem weer had ingehaald.

'Wat een mensen,' verzuchtte ze. 'Hoe kom jij daar zo gemakkelijk doorheen? Ze lopen mij voortdurend voor mijn voeten.'

'Je moet gewoon doorlopen,' antwoordde Lang. 'Jij bent veel te beleefd. Denk je dat die mensen zich iets van jou aantrekken? Dat moet jij ook niet doen, kijk, zo.'

Hij vervolgde zijn weg en binnen de kortste keren was hij in de menigte verdwenen. Vlinder haalde diep adem en volgde hem. Ze probeerde te doen als hij, net alsof die andere mensen niet bestonden, maar waar Lang iedereen bijna probleemloos passeerde, kreeg Vlinder telkens boze blikken. Eén keer schold iemand haar zelfs uit, zo klonk het tenminste, want het was een buitenlandse taal die ze niet verstond. Iemand klampte haar aan, weer die oude waarzegster.

'Bijzonder meisje, bijzondere toekomst,' zei ze. 'Jij

niet met jongen meegaan. Jongen slecht, hij dood.'

'Ga weg,' zei Vlinder geschrokken en ze duwde tegen de vrouw.

'Jij toekomst, twintig cent,' drong de waarzegster aan.

Vlinder schudde lachend haar hoofd. 'Mooie toekomst zal dat zijn, voor twintig cent!'

Het klonk niet overtuigend, maar gelukkig ging de vrouw toch weg. Vlinder baande zich een weg langs de marktkramen. Ze zag Lang een eind voor zich lopen. Zijn donkere hoofd dook verschillende keren op tussen de andere mensen.

Intussen probeerde Vlinder ook te bekijken wat er allemaal nog meer op de jaarmarkt verkocht werd. Ze was best nieuwsgierig naar die dromenverkoper, maar ze wilde zelf ook nog wat kopen. Ze kwam langs een marktkraam met zijden stoffen in allerlei kleuren, er was een kraam waar je horoscoop geduid werd, er was een kraam met alleen maar spullen voor huisdieren. Bij de zijden stoffen wilde ze eigenlijk even kijken, maar Lang liep al veel te ver voor haar. Straks raakte ze hem kwijt. Ach, ze had toch niet genoeg geld. Alleen een sjaal kostte al bijna vijf euro. Ze liet de stoffen voor wat ze waren en vervolgde haar weg, achter Lang aan.

Ze was bijna bij hem, toen ze een kraam met gekleurde stenen zag. Oranje, helrood, smaragdgroen, paars, alle kleuren van de regenboog. Sommige stenen waren zo groot als een vuist, er waren echte kristallen bij, maar de meeste stenen zaten aan een hangertje; die kon je als halsketting dragen. Vlinder wist wat voor stenen dit waren: gezondheidsstenen, daar stond het ook op een bordje. Ze hielpen tegen allerlei kwalen. Daar lag er een tegen verkoudheid en ze zag er een tegen winderigheid. Vlinders tante had ook zo'n steen, voor haar pijnlijke gewrichten, en ze zei altijd dat het hielp. Maar wat moest Vlinder ermee? Zij had nergens last van.

Ze wilde net van de kraam weglopen, toen de verkoopster iets tegen haar zei. Vlinder glimlachte.

'De stenen zijn prachtig,' zei ze, 'ik mankeer alleen niks.'

'Tja,' zei de verkoopster. 'Dat is ook wat waard. Maar ik heb wel iets anders voor je.'

Ze ging zachter praten, zodat Vlinder dichterbij moest komen om haar te kunnen verstaan.

'Ik heb ook amuletten,' fluisterde de vrouw. 'Hier.'

Ze graaide in een zak die onder de kraam op de grond stond en hield een aantal buideltjes in haar uitgestrekte hand. Vlinder wilde een buideltje pakken om het beter te bekijken, maar de vrouw trok snel haar hand terug. De amuletten waren verdwenen.

'Beschermingsamuletten, tegen kwade krachten en slechte invloeden. Of heb je liever een amulet voor een gelukkig liefdesleven?' De vrouw knipoogde en Vlinder lachte verlegen.

'N-nee,' stamelde ze. 'Nee, ik heb niks nodig.'
'Kom, meisje,' zei de vrouw. 'Iedereen heeft wat nodig.'

'Nee, echt niet. Ik moet achter mijn vriend aan, voordat ik hem kwijtraak.'

'Je vriend, hè?' vroeg de verkoopster. Ze knikte, alsof ze precies wist waar Vlinder het over had. Plotseling had ze weer een amulet in haar hand en met een snelle beweging pakte ze Vlinders hand en drukte de amulet tussen haar vingers.

'Hij kost maar een halve euro,' zei de vrouw. 'Dat kun je niet laten lopen. Een halve euro om voor de rest van je leven beschermd te zijn. Draag hem direct op je huid, onder je kleding, en laat niemand weten dat je hem hebt.'

Vlinder deinsde achteruit en schudde haar hoofd. Wat was dit voor vreemde vrouw? Waarom wilde ze zo graag deze amulet verkopen? Een halve euro, Vlinder vond het veel geld. Ze had er twee in haar portemonnee zitten, maar wat als ze iets zag wat ze dolgraag wilde hebben?

'Doe het, meisje,' fluisterde de vrouw.

'Ik ... ik heb geen halve euro,' stamelde Vlinder.

'Twintig cent dan,' zei de verkoopster. 'Dan krijg je deze steen erbij.' Ze pakte een citroengeel gezondheidssteentje en drukte dat ook in Vlinders hand. 'Voor je moeder, tegen een zwakke blaas.'

Vlinder knikte.

'J-ja, dat is goed,' stamelde ze.

Ze haalde haar portemonneetje tevoorschijn en pakte er twintig cent uit.

'Uitstekend, meisje.'

De munt verdween.

'En denk erom, niemand laten weten!'

Daarna richtte de vrouw zich weer tot andere klanten. Vlinder hing de amulet om haar hals en verstopte hem onder haar kleren. De steen voor haar moeder deed ze in haar portemonnee. Een rilling trok door haar lichaam. Hoe wist die vrouw dat haar moeder een zwakke blaas had? Ze draaide zich om en liep weg van de kraam. Zoekend keek ze in de menigte, maar Lang was verdwenen.

Een dure droom

Vlinder struinde over de jaarmarkt. Nu ze Lang toch kwijtgeraakt was, kon ze net zo goed haar eigen gang gaan. Waarom had hij dan ook niet even gewacht? Had ze zich maar niet laten overhalen om die amulet te kopen, dan had ze hem nog kunnen inhalen.

Ze voelde aan het buideltje om haar nek. Het was van stof, maar het voelde glad. Er zaten verschillende dingen in, iets ronds, bobbeligs, een steentje misschien, een plat dingetje dat volmaakt rond was. Een knoop? vroeg Vlinder zich af. Verder zaten er nog wat kleinere dingen in, waarvan sommige voelden als takjes.

Lekker, dacht Vlinder, een steentje, een knoop en onkruid. Ze had zich mooi laten beetnemen. Wat had ze ook gedacht, voor twintig cent? En dan kreeg ze dat gezondheidssteentje voor haar moeder er zomaar bij. Dat was vast ook niet echt. Ze moest het maar eens aan haar tante vragen.

Aan de andere kant: het kón natuurlijk echt zijn. Die takjes waren misschien kruiden en de steen kon bepaalde krachten bezitten, net als de gezondheidsstenen. Maar die knoop? Het liefst wilde Vlinder het buideltje openmaken, zodat ze zeker wist of ze opgelicht was of niet. Maar dat kon niet: als je een amulet openmaakte, verloor hij zijn werking.

Vlinder glimlachte.

Zo was het kringetje rond, dacht ze. Niemand zou een amulet bekijken, want stel dat hij echt was. En zo zou nooit iemand erachter komen dat hij bedrogen was.

Ze was al die tijd zo in gedachten verzonken geweest, dat ze niet oplette waar ze liep. Nu was ze bij de rand van de jaarmarkt aangeland. Eén lange rij kramen stond er nog, daarachter was het open veld. Een eindje verderop zag ze Lang.

'Lang!' riep ze enthousiast, maar hij hoorde haar niet. Hij stond bij een drukbezochte kraam waar de mensen elkaar verdrongen om aan de beurt te komen. Vlinder liep ernaartoe, maar bleef op een afstandje om niet in het gedrang te komen. Achter de kraam stond een kleine, gezette man, met een kortgeknipt baardje en een snor. Met zijn dikke vingers graaide hij naar de gekleurde buideltjes die voor hem lagen, terwijl hij intussen ook probeerde de mensen ervan te weerhouden zelf naar die buideltjes te graaien. Iedereen schreeuwde door elkaar. De dikke man had zweetdruppels op zijn voorhoofd.

'Rustig, mensen, rustig! Iedereen komt aan de beurt! Een voor een alstublieft!'

Vlinder dacht: dus dit is die beroemde dromenverkoper. Ze had hem zich heel anders voorgesteld. Magischer, groter. In ieder geval niet zo gewoontjes.

Plotseling werden de mensen stil en ze weken uiteen. Vlinder ging op haar tenen staan om te zien wat er gebeurde, maar ze hoorde het al. Een fluistering waaierde door de menigte: de rijkste man van de stad kwam eraan, de directeur van de petroleumfabriek. Tussen de mensen door liep hij regelrecht naar de dromenverkoper. Hij keurde niemand een blik waardig. Toen hij bij de dromenkraam was, pakte hij met zijn gehandschoende hand een van de buideltjes en liet het achteloos weer vallen. De dromenverkoper piepte iets, maar durfde niet te protesteren. De directeur keek naar de dikke man alsof hij een kakkerlak was.

'Verkoop je ook nachtmerries?' vroeg hij.

De menigte hield zijn adem in en de dromenverkoper werd lijkbleek.

'Nachtmerries?' stamelde hij geschokt. 'Nee, ik verkoop alleen mooie dromen, gelukkige dromen, dromen over heldendaden, dat soort dingen. Waarom zou iemand een nachtmerrie willen kopen?'

'Om cadeau te geven,' zei de directeur van de petroleumfabriek. Misprijzend dwaalde zijn blik weer over de uitgestalde buideltjes en ongeïnteresseerd pakte hij er eentje van een iets groter formaat.

'Wat is dit?'

'Een kinderdroom,' zei de dromenverkoper zenuwachtig. 'Wilt u misschien, alstublieft, van de dromen afblijven? Ze zijn zeer zorgvuldig samengesteld ...'

'En deze?' onderbrak de directeur hem minachtend.

'D-die gaat over het winnen van een loterij.'

De directeur wapperde ongeduldig met zijn hand.

'Heb je niets interessanters?'

De dromenverkoper scharrelde zenuwachtig door zijn dromen.

'D-deze misschien? Over grote feesten bij het zwembad? Of m-mooie meisjes in bikini op het strand? Wat zoekt u eigenlijk?'

'Je verveelt me,' zei de directeur. 'Slobo, koop maar gewoon wat, zoek maar een paar leuke kleurtjes uit.'

Nu pas zag Vlinder de man die onopvallend achter de directeur stond. Hij was iets kleiner dan zijn baas, had een grijs snorretje en droeg nette kleren. Hij stapte naar voren en wees enkele buideltjes aan, die de dromenverkoper mompelend pakte: 'Over een jongetje dat een hondje voor zijn verjaardag krijgt, een stoere vaartocht op de oceaan, een gewoon meisje dat prinses wordt. Eh ... zal ik ze voor u inpakken? Apart of bij elkaar?'

'Niet treuzelen, Slobo,' riep de directeur. 'Het heeft wel lang genoeg geduurd.'

'Dat is dan vijfenvijftig euro.' De dromenverkoper fluisterde nu bijna.

De directeur van de petroleumfabriek haalde een briefje van honderd tevoorschijn, liet het achteloos tussen de dromenbuideltjes vallen en verliet de kraam.

'U krijgt nog wisselgeld!' riep de dromenverkoper.

De rijkste man van de stad reageerde niet.

Ergens vlakbij hoorde Vlinder een bekende stem: 'U niet mooie toekomst.'

Ze moest erom lachen.

Nu de directeur vertrokken was, drongen de mensen weer naar voren. De meesten waren wat rustiger dan daarvoor. Ze verdrongen elkaar niet meer om als eerste aan de beurt te komen. Iedereen praatte over de directeur, dat hij voor zijn beurt was gegaan en zich schandelijk had gedragen. Maar er waren ook mensen die vonden dat dat mocht als je zo enorm rijk was. Dan ging je toch niet achter in de rij aansluiten? En had hij geen prachtige kleding aan? Een kostuum, speciaal op maat gemaakt, van exclusieve stoffen. Als je de rijkste man van de stad was, had je nu eenmaal bepaalde privileges. Dan mocht je dingen die gewone mensen niet mochten.

Vlinder hoorde deze meningen grimmig aan. Zij dacht daar heel anders over, maar ze hield haar mond, ook al kostte dat moeite. Als ze ook maar één opmerking zou maken, zou ze direct ruzie krijgen.

Ze keek om zich heen, op zoek naar Lang. Ze zag hem vooraan bij de dromenkraam staan, hij was bijna aan de beurt.

'Lang!' riep ze. Hij draaide zich om en lachte toen hij haar zag. Tussen de mensen door ging ze naar hem toe.

'Waar was je?' vroeg hij. 'Ik heb nog op je gewacht, maar je was opeens verdwenen.'

'Ik zag een leuke kraam,' antwoordde Vlinder. 'Ze verkochten gezondheidsstenen.'

'Gezondheidsstenen?' riep Lang uit. 'Wat moet jij daarmee?'

'Niks,' zei Vlinder. 'Maar ik vond het interessant en

ik heb …'

Net op tijd bedacht ze zich. Bijna had ze verteld dat ze een amulet had gekocht.

'Wat heb je?' vroeg Lang.

'Niets. Ik heb toch niets gekocht, alleen gekeken.'

Lang keek haar vragend aan, alsof hij vermoedde dat ze iets verzweeg.

'Wie kan ik helpen?' vroeg de dromenverkoper op dat moment.

'Ja, mij,' zei Lang. 'Ons,' verbeterde hij, terwijl hij Vlinder aankeek.

Ze schudde haar hoofd: nee, zij wilde geen droom kopen.

'Ik wil graag een droom over rijk en beroemd zijn,' zei Lang.

'Aha!' riep de dromenverkoper en zijn gezicht lichtte op. 'Die heb ik in vele soorten en maten. Wat wil je, een beroemde popartiest, een televisiepersoonlijkheid? Of wil je liever minister-president zijn?'

Lang hoefde niet eens over zijn antwoord na te denken. Hij wist precies wat hij wilde.

'Een wereldberoemde zanger!'

Vlinder keek hem vol verbazing aan.

'Je kunt niet eens zingen!' riep ze uit.

'Daarom is het ook een droom, suffie.'

Inmiddels had de dromenverkoper de droom gevonden. Hij hield een buideltje met paarse glitters omhoog.

'Dit is hem,' zei hij. 'Rijk en wereldberoemd voor één nacht.'

Lang knikte.

'Wat kost die?' wilde hij weten.

'Tweeënhalve euro,' antwoordde de dromenverkoper. 'Maar ik heb hem ook voor twee nachten, of zelfs voor een hele week.'

Hij wees op buideltjes die er hetzelfde uitzagen, alleen waren ze groter.

'Een hele week?' riep Lang uit. 'Wauw, wat kost dat?'

'Negen vijfenzeventig,' zei de dromenverkoper zonder blikken of blozen.

Vlinder zoog haar adem naar binnen. Negen vijfenzeventig, voor alleen maar een droom? Maar Lang vond er niets vreemds aan. Hij haalde zijn portemonnee tevoorschijn en betaalde de dromenverkoper het bedrag zonder afdingen.

'En jij?' De dromenverkoper richtte zich tot Vlinder. 'Wil jij een prinsessendroom?'

'Nee, ik hoef geen droom.' Ze zei het met lichte afkeer.

'Zij hoeft geen droom over prinsessen,' haastte Lang zich te zeggen.

Vlinder keek hem kwaad aan. Ze hoefde helemaal geen droom, niet over prinsessen, niet over apen, helemaal nergens over.

'Wat wil je dan?' vroeg de dromenverkoper.

Weg hier, dacht Vlinder, maar Lang antwoordde al

voor haar: 'Zij droomt het liefst over een mooiere wereld, zonder oorlogen, zonder honger en liefst ook zonder rijke mensen.'

'Lang!' siste Vlinder, terwijl ze op zijn voet stampte.

'Aah,' zei de dromenverkoper. 'Dat zijn de ambitieuze dromen. Die verkoop ik meestal rond kerstmis. Ze zijn wel vrij prijzig.'

'Hè, wat jammer nou,' zei Vlinder. 'Ik heb net al mijn geld uitgegeven bij een andere kraam.'

'Geeft niet,' zei Lang. 'Ik betaal, het is een cadeau.'

De dromenverkoper noemde een bedrag, vier euro en vijfenzestig cent voor een halve nacht, en Lang telde het geld uit. Even later verlieten ze met twee dromen de kraam.

'Lang, je bent gestoord!' zei Vlinder boos. 'Waarom deed je dat? Ik hoef geen droom te kopen en zeker niet zo'n dure. Als ik de wereld wil verbeteren, dan doe ik dat wel, maak je daar maar geen zorgen over.'

Lang keek haar geamuseerd aan.

'Een cadeau, Vlindertje. Wees toch niet zo boos. Het is goed bedoeld. Bovendien duurt de droom maar een half nachtje.'

'Nou, bedankt dan,' zei Vlinder toegeeflijk.

Lang gaf haar het buideltje. Het was veel kleiner dan dat van hem. Er stonden vrolijke bloemen op in geel, oranje, groen en blauw. De kleuren waren enigszins uitgelopen, waardoor een dromerig effect ontstond. Ze stopte de droom snel in haar jaszak.

28

'Weet je hoe het werkt?' vroeg Lang. 'Heel simpel: je hoeft het buideltje alleen maar onder je kussen te leggen voordat je gaat slapen. Meer niet, je hoeft het niet eens open te maken.'

'Wil je verder nog ergens heen?' vroeg Vlinder.

'Nee, niet echt, misschien iets te eten halen. Jij?'

Vlinder haalde haar schouders op.

'Ik wil graag zien wat er verder nog is. Volgens mij hebben we de helft nog niet gezien.'

'Oké, dat doen we, maar we gaan eerst wat eten.'

Verspreid over de markt stonden verschillende eet-tentjes. Er was ijs en patat, maar er waren ook allerlei exotische gerechten. Bij een klein stalletje bleven ze staan. Ze wisten niet precies wat er verkocht werd, maar het rook lekker. Lang bestelde twee porties; hij kon de naam van het gerecht niet eens uitspreken. Het duurde bijna tien minuten voor het eindelijk klaar was en wat ze kregen zag er niet echt smakelijk uit: donkergroene slier-ten, gele bolletjes en iets wat leek op een gebakken in-sect. Vlinder en Lang keken elkaar met een vies gezicht aan. Toen plukte Lang een groene sliert van zijn bord en stopte hem in zijn mond. Zijn gezicht klaarde op.

'Hm!' riep hij enthousiast. 'Dit is echt lekker!'

Vlinder nam ook een voorzichtig hapje, maar voordat ze het in haar mond deed, stokte ze. Daar, nog geen tien meter verderop, stond weer die waarzegster met haar bijzondere toekomst. Ze lachte even en verdween toen plotseling. Vlinder rilde ervan.

'Niet lekker?' vroeg Lang.

Snel stopte Vlinder de sliert in haar mond. Het smaakte inderdaad heerlijk.

Nog één keer keek ze naar de plek waar ze de waarzegster had gezien. Wat moest die toch van haar?

Nachtmerries

Vlinder had niet zoveel zin om thuis uitgebreid te vertellen over de jaarmarkt. Ze wilde stilletjes naar haar kamer gaan, de amulet verstoppen en verder niets. Maar ze was nauwelijks binnen, of ze kwam haar tante Parel tegen in de gang.

'Vlindertje!' riep ze uit. Ze kwam ze op Vlinder af en omhelsde haar met rinkelende armbanden.

'Hoi tante,' zei Vlinder schaapachtig.

Tante Parel had zich weer overdadig uitgedost. Zoals gebruikelijk had ze zich behangen met allerlei sieraden: grote zilveren armbanden, haar vingers vol zware ringen en om haar nek hingen verschillende kettingen. Verder had ze allerlei sjaals om zich heen gedrapeerd, waarvan er een om haar hoofd geknoopt was. Vlinder zag ook een nieuwe ketting: een met lichtgroene stenen. Zou haar tante die op de jaarmarkt gekocht hebben? Waren het gezondheidsstenen? Vlinder dacht aan het steentje dat ze gekregen had. Ze wilde dolgraag weten of het echt was, maar ze twijfelde of dit het goede moment was om het te vragen.

'Nou?' vroeg tante Parel.

'Nou, eh ...' stamelde Vlinder, die niet wist wat haar tante bedoelde. Ze kon toch niet weten dat ze een gezondheidssteen had?

31

'Hoe vond je de jaarmarkt?' riep tante Parel uit. 'Heb je mooie dingen gekocht? Wat heb je allemaal gezien? We willen een uitgebreid verslag. Iedereen brandt van nieuwsgierigheid!'

'Iedereen?' stamelde Vlinder.

'Och meisje, we zitten met smart op je te wachten.' Vlinders tante had haar inmiddels meegetroond naar de woonkamer, waar Vlinder de moed in de schoenen zonk. De kamer zat vol. Behalve haar moeder en tante Parel waren er ook twee vriendinnen van haar moeder en de buurvrouw met haar dochter. Toen Vlinder binnenkwam, was de buurvrouw enthousiast aan het vertellen over de droom die ze had gekocht.

'Ik ben zo benieuwd!' kirde ze. 'Ik zou eigenlijk het liefst nu al gaan slapen. O, Vlinder!' riep ze uit, toen ze Vlinder in de gaten kreeg. 'Hoe vond je de dromenverkoper?'

'Ja, eh ...' stamelde Vlinder overrompeld. 'Een beetje vreemd, eigenlijk.' Maar de buurvrouw hoorde het niet.

'Wat voor droom heb jij gekocht?' vroeg ze.

Vlinder keek zenuwachtig naar haar moeder. Ze moest een uitvlucht verzinnen, want ze wilde het helemaal niet over de dromenverkoper hebben.

'Ontken het maar niet, Vlindertje,' kakelde de buurvrouw met opgeheven vinger. 'Ik heb je gezien bij de dromenverkoper, samen met die knappe jongen, hoe heet hij ook alweer?'

'Lang,' antwoordde Vlinder.

'Lang, natuurlijk!' kakelde de buurvrouw.

Vlinder wendde zich tot haar moeder en liet de oorbellen zien die ze nog had gekocht.

Vol bewondering pakte haar moeder ze aan.

'Die zijn prachtig,' zei ze.

Vlinder grijnsde.

'Maar anderhalve euro, echt zilver,' zei ze trots. Maar toen deed ze iets doms, ze haalde de gezondheidssteen tevoorschijn.

'En deze is voor jou, voor je blaas.'

'Voor mijn blaas?'

Verbaasd pakte Vlinders moeder de steen aan, bekeek hem uitgebreid en daarna keek ze Vlinder indringend aan.

'Deze heb je toch niet gekocht? Zo'n steen is hartstikke duur.'

Vlinder schudde haar hoofd.

'Nee, gekregen,' zei ze.

Het werd stil in de kamer. Vlinder slikte. Te laat besefte ze dat ze dat beter niet had kunnen zeggen. Ze glimlachte en probeerde luchtig te doen.

'Dan zal hij vast niet echt zijn, als iemand hem zomaar weggeeft!'

'Dat zou je haast zeggen,' zei tante Parel bedachtzaam. Ze pakte de gezondheidssteen en nadat ze hem uitvoerig had bekeken, liet ze met een sissend geluid haar adem ontsnappen.

'Weet je nog van wie je hem gekregen hebt?' vroeg ze.

Vlinder haalde haar schouders op.

'Gewoon.' Ze stokte. Bijna had ze gezegd 'bij de amulet', maar daar mocht niemand van weten.

'Bij de oorbellen,' maakte ze er gauw van.

Tante Parel keek haar met opgetrokken wenkbrauwen aan.

'Aha,' zei ze alleen.

'Hoezo? Is er iets mee?' vroeg Vlinder.

'Nee lieverd, het is een schitterende steen.'

Tante Parel glimlachte en gaf de gezondheidssteen terug aan Vlinders moeder. 'Zo echt als echt maar kan zijn,' zei ze. Daarna wendde ze zich weer tot het overige gezelschap.

Vlinder zuchtte opgelucht. Even was ze bang geweest dat tante Parel zou doorvragen. Ze pakte haar oorbellen, mompelde dat ze naar haar kamer ging en draaide zich om. Voor ze helemaal weg was, ving ze de blik van haar tante op. Een blik die dwars door Vlinder heen ging en die ze haatte. Als tante Parel zo keek, had ze altijd het gevoel dat ze precies wist wat er in haar omging.

Vlinders kamer was op zolder, onder het schuine dak. De dikke balken waren van donker hout. Vlinder had ze liever in allerlei vrolijke kleuren geschilderd, maar dat wilden haar ouders niet hebben. Door het grote dakraam scheen zonlicht naar binnen en precies onder dat raam stond haar bed, waar Vlinder op ging liggen, languit op haar rug, zodat ze naar de wolken kon staren. Ze legde haar hand op haar borst, waar onder haar kleren de amulet verborgen was. De gezondheidssteen was echt, had tante Parel gezegd. Zou de amulet dan misschien ook echt zijn? Vlinder kon het bijna niet geloven. Voor twintig eurocent, een echte amulet? En dan ook nog zo'n dure gezondheidssteen erbij. Waarom? Waarom had die vrouw er zo op gestaan haar de amulet te verkopen? Wat had ze ook alweer gezegd: 'bescherming voor de rest van je leven'. Alsof Vlinder dat nodig had. Ze kon heus wel van zich afbijten.

Ze staarde naar de wolken die boven haar voorbij dreven, maar de gedachten aan de verkoopster en de amulet bleven terugkomen. Daartussendoor kwamen ook steeds gedachten aan die andere vrouw, die waarzegster. Zoals ze naar haar had gekeken, haar had aangeraakt ... Brrr, Vlinder kreeg er de kriebels van.

Ze ging overeind zitten en zocht het andere buideltje: dat met de droom. Ze hield het op haar hand en keek ernaar. Bloemen, in alle kleuren van de regenboog. Hoe langer ze ernaar keek, hoe meer ze zag. Het leek wel alsof ze erin werd meegezogen. De prachtige bloemen bewogen en nu zag ze opeens ook vlinders verschijnen. Vlinder glimlachte. Misschien was het toch niet zo'n gek idee van Lang geweest, om haar een droom cadeau te geven. Een zalige droom over een mooiere wereld.

Er klonk een klopje op haar slaapkamerdeur en Vlin-

der schrok op uit haar overpeinzingen. In de deuropening stond haar vader.

'Kom je eten, lieverd?' vroeg hij.

Vlinder knipperde met haar ogen. Was het al etens-
tijd? Hoelang had ze hier eigenlijk gezeten?

'Wat heb je daar?' vroeg haar vader, terwijl hij geïnte-
resseerd naar het dromenbuideltje staarde.

'Niks,' antwoordde Vlinder, maar zo gemakkelijk
kwam ze daar niet mee weg.

'Een droom.'

Haar vader kwam nieuwsgierig dichterbij om het
dromenbuideltje te bekijken.

Vlinder was het niet van plan geweest, maar toch vertelde ze het: 'Ik heb het buideltje van Lang gekregen, een
droom over een betere wereld.'

'Aha!' riep haar vader, en hij begon te lachen. 'Vroeger
kochten wij zulke dromen ook, alleen noemden wij ze
anders, namelijk lsd. Hahaha!'

Vlinder keek hem schaapachtig aan en schudde haar
hoofd. Haar vader had wel vaker van die onbegrijpelijke
grappen.

Vlinders vader ging weer naar beneden en Vlinder
keek hem nadenkend na.

'Kierewiet,' mompelde ze. Daarna borg ze het dromenbuideltje zorgvuldig op en ging ook naar beneden.

Haar vader bleef grapjes maken over haar droom. Hij
lachte zo hard dat zijn ogen schuilgingen achter duizend
lachrimpeltjes. Vlinder vond het eigenlijk vervelend dat

hij met haar spotte, maar ze zei niets. Ze was nog steeds onder de indruk van wat de droom met haar deed, terwijl ze gewoon wakker was.

Toch legde ze haar droom die avond niet meteen onder haar hoofdkussen. Het bleef immers een droom uit een zakje, iets wat haar niet aanstond. Ze keek ernaar en twijfelde. Het was vast een mooie, bijzondere droom en hij duurde maar een halve nacht. Als het voorbij was, was het voorbij.

Nee, besloot Vlinder, ze deed het niet. Ze ging de droom zuinig bewaren voor als ze hem echt nodig had, als ze een rotdag had gehad, bijvoorbeeld. Ze stopte het dromenbuideltje weg en kroop onder haar dekbed.

Vlinder werd wakker van het gerinkel van haar mobieltje. Slaperig keek ze op haar wekker: acht uur, en zakte terug in het kussen. Wie belde er nou zondagochtend op dit tijdstip? Ze bleef in bed liggen, probeerde verder te slapen, maar even later ging haar mobieltje weer. Zuchtend kwam ze uit bed om het te pakken, maar ze was te laat. Wel zag ze dat het beide keren Lang was geweest. Dat was vreemd, want Lang was nooit zo vroeg in het weekend. Voor elven hoefde je niet te proberen iets met hem af te spreken. Ze wilde hem net terugbellen, toen er een berichtje binnenkwam: 'Ik moet je dringend spreken!' Meteen daarop ging de deurbel.

'Nou nou,' mompelde Vlinder. Snel trok ze iets warms

over haar nachthemd aan en holde naar beneden.

Lang zag lijkbleek, hij had wallen onder zijn ogen en zijn haar piekte alle kanten uit.

'Wat is er gebeurd?' vroeg Vlinder geschrokken. Ze deed een stap opzij, zodat Lang kon binnenkomen.

'Heb je gedroomd?' vroeg Lang met schorre stem.

Vlinder schudde haar hoofd.

'Nee, sorry, ik wilde mijn droom bewaren voor een geschikt moment.'

'Gelukkig,' zuchtte Lang.

Hij liep naar de eettafel en zakte neer op een stoel. Met zijn armen op tafel en hangend hoofd zat hij daar. Zo ellendig had Vlinder hem nog nooit gezien.

'Wil je iets drinken?' vroeg ze.

Lang keek niet op, maar mompelde iets wat Vlinder interpreteerde als: ja, graag.

Ze zette koffie voor Lang; dat kon hij vast goed gebruiken. Tenminste, haar vader dronk ook altijd koffie als hij slecht geslapen had. Ze ging tegenover Lang aan tafel zitten.

'Wat is er dan met die droom?' vroeg ze.

Langzaam hief Lang zijn hoofd op en keek Vlinder aan.

'Het is een nachtmerrie,' fluisterde hij.

Geschrokken keek Vlinder hem aan, maar voor ze verder kon vragen, kwam haar vader de keuken binnen. Ook hij was net wakker en had zich nog niet aangekleed.

'Wat is dat allemaal op de vroege zondagochtend?' vroeg hij, terwijl hij uitgebreid zijn buik krabde. 'O, hallo Lang, goeiemorgen. Hoewel je er niet zo uitziet.'

Vlinder pakte Langs hand en articuleerde geluidloos: 'Een nachtmerrie?'

Ze wierp een blik op haar vader; ze wilde niet dat hij meeluisterde.

Gelukkig ging op dat moment de deurbel weer.

'Nog meer bezoek?' mompelde Vlinders vader, terwijl hij naar de deur liep.

Vlinder trok Lang overeind en sleurde hem mee naar boven. In het voorbijgaan keek ze gauw wie er voor de deur stond: de buurvrouw.

'Het was afschuwelijk,' fluisterde Lang, toen ze op Vlinders kamer zaten.

Vlinder geloofde dat maar al te graag. Lang zag eruit alsof hij de hele nacht niet had geslapen. Zijn ogen stonden waterig en hadden rode, gesprongen adertjes.

'Spinnen,' fluisterde hij, zo zachtjes dat Vlinder hem amper verstond. 'Hele grote, verschrikkelijke spinnen, nog groter dan ik. Harige poten, grote kaken.'

Lang snikte en Vlinder wist niet wat ze moest zeggen. Ze wist hoe bang Lang was voor spinnen. Wat dat betreft was hij net een meisje. Van een doodgewoon kruisspinnetje raakte hij al in paniek en gilde hij de hele buurt bij elkaar.

'Maar je zou toch een beroemde zanger zijn?' vroeg Vlinder zacht.

'Daar begon het ook mee, maar toen kwamen die verschrikkelijke spinnen. Tientallen, honderden. En het ging maar door, de hele nacht. Steeds werd ik wakker, doodsbang. Dan ging ik naar de wc, dronk wat water, maar zodra ik weer insliep, begon het opnieuw.'

'Dus de dromenverkoper heeft je opgelicht,' zei Vlinder.

Lang keek haar niet-begrijpend aan.

'Ik heb een droom voor een week,' zei hij. 'De hele week, iedere nacht, Vlinder.'

Nu huilde Lang. Geluidloos liepen de tranen over zijn wangen.

Vlinder kon het niet aanzien.

'Die oplichter,' siste ze, terwijl ze opstond. 'Die vieze, vuile oplichter.'

'Nee Vlinder, zo is het niet.'

Lang veegde de tranen van zijn gezicht.

'Dat zou de dromenverkoper nooit doen. Hij houdt niet van nachtmerries. Als hij wist dat zijn dromen nachtmerries waren ...'

'Denk je dat hij van niets weet?' vroeg Vlinder. 'Dat hij per ongeluk een nachtmerrie heeft verkocht?'

Lang antwoordde niet.

Vlinder dacht na. Ze kon zich niet voorstellen dat de dromenverkoper niet wist wat er in zijn buideltjes zat. Maar als hij een oplichter was, zou iedereen dat weten, en zouden de mensen elkaar niet verdringen voor zijn kraam. Ze opende haar mond om nog iets aan Lang te vragen, maar sloot hem meteen weer. Hij zat op haar bed, zijn ellebogen op zijn knieën, starend naar de vloer.

'Ik ga nog even koffie halen,' zei Vlinder en ze ging naar beneden.

Ze liep de trap af en wilde de keuken binnengaan, maar uit de woonkamer hoorde ze vreemde geluiden komen. Ze bleef staan om te luisteren.

'Afschuwelijk!' hoorde ze iemand zeggen, en daarna klonk ingehouden gesnik.

Vlinder liep zachtjes naar de deur. Wie zat daar te huilen? Wat was er afschuwelijk? Door een kier van de deur gluurde ze naar binnen. Daar zat de buurvrouw. In haar hand hield ze een verfrommeld zakdoekje. Zwarte strepen liepen over haar wangen omlaag.

'Het huis stond in brand,' fluisterde ze. 'Overal waren vlammen en we konden geen kant uit, we waren ingesloten.'

Ze depte haar ogen met het zakdoekje en snoot haar neus.

'Het was verschrikkelijk, ontzettend. En zo écht.'

Ze begon weer te huilen en Vlinder sloot zachtjes de deur. De buurvrouw was dus ook opgelicht door de dromenverkoper!

Vlinder rende de trap naar zolder weer op.

'Lang!' riep ze, nog voordat ze helemaal boven was. 'De buurvrouw heeft ook een nachtmerrie gehad!'

Grijp je kans!

Vlinder stormde haar slaapkamer binnen.

'Lang!' riep ze, maar Lang hoorde haar niet. Hij lag op Vlinders bed, met opgetrokken knieën en kermde: 'Nee! Ga weg, laat me met rust!'

Zijn ogen waren wijd opengesperd en wild om zich heen slaand slaakte hij plotseling een snerpende kreet.

'Lang!' gilde Vlinder geschrokken. Ze dook op hem af en schudde hem heen en weer.

'Wakker worden!' riep ze. 'Je droomt, het is niet echt, Lang! Je hebt een nachtmerrie.'

Lang bleef om zich heen slaan en raakte Vlinder tegen haar gezicht.

'Lang!' riep Vlinder. Ze had nog nooit eerder iemand zo bang gezien. Ze pakte zijn hoofd en dwong zichzelf naar zijn van angst vertrokken gezicht te kijken.

'Het is een droom, Lang. Je moet wakker worden, dan is het voorbij.'

Lang knipperde met zijn ogen.

'Goed zo, Lang, wakker worden.'

Maar zo gemakkelijk ging het niet. Lang was zo diep in slaap, dat het bijna een kwartier duurde voordat hij echt wakker werd.

'Vlinder,' zei hij verbaasd, alsof hij niet had verwacht haar te zien. Hij kwam overeind en streek vermoeid door zijn haar. Vlinder ging ook zitten, opgelucht dat het voorbij was.

'Die dromen zijn wel heel echt, hè?' vroeg ze zacht.

Lang knikte.

'Levensecht, alle dromen van de dromenverkoper zijn zo. Je droomt in kleur, met geluid, je kunt zelfs dingen ruiken. Als je een mooie droom hebt, is dat fantastisch, maar als het een nachtmerrie is ...' Hij huiverde. 'Heb je nog iets te drinken gehaald?'

'Drinken?' vroeg Vlinder. Door wat ze beneden gehoord had, was ze dat helemaal vergeten.

'De buurvrouw heeft ook een nachtmerrie gehad,' zei ze. Ze vertelde wat ze gezien en gehoord had.

'Geloof je nu nog steeds dat de dromenverkoper per ongeluk nachtmerries heeft verkocht?'

'Nog meer zelfs,' antwoordde Lang stellig.

Hij stond op en begon door de kamer te ijsberen.

'Iemand moet al zijn dromen in nachtmerries hebben veranderd. Wie doet zoiets? We moeten hem waarschuwen, Vlinder. Hij mag niet nog meer nachtmerries verkopen!'

'Maar, Lang,' probeerde Vlinder. 'Ik begrijp het niet. Waarom denk je dat iemand alle dromen in nachtmerries heeft veranderd? Het is toch veel logischer dat de dromenverkoper de boel zelf heeft opgelicht? Toevallig hebben jij en de buurvrouw ...'

'Nee, Vlinder, echt niet,' onderbrak Lang haar.

Vlinder zuchtte. Goed, dan niet. Ze snapte niet waarom Lang zo heilig in de dromenverkoper geloofde. Op de jaarmarkt liepen zoveel bedriegers en oplichters rond. Waarom zou de dromenverkoper er daar niet een van zijn?

'Wil je niet mee, Vlinder?' vroeg Lang, terwijl hij haar als een smekend hondje aankeek. 'We moeten de dromenverkoper waarschuwen!'

Vlinder dacht na. Het leek haar belangrijker om Lang van zijn nachtmerrie af te helpen. Als hij een week lang iedere nacht zo slecht sliep, zou er niets van hem overblijven. Maar ook daar hadden ze de dromenverkoper voor nodig.

Ze knikte.

'Goed, ik ga met je mee.'

En als blijkt dat hij toch een oplichter is ... dacht ze erachteraan, maar dat zei ze niet hardop.

Lang keek haar verrast aan.

'Echt?' vroeg hij. 'Ga je echt mee?'

Vlinder knikte lachend.

'Natuurlijk,' zei ze vrolijk. 'We hebben alleen een probleem.'

Langs gezicht betrok.

'Weet jij waar hij woont?' vroeg Vlinder.

Peinzend schudde Lang zijn hoofd.

'Niet precies,' antwoordde hij. 'Ergens in Oost-Europa, Hongarije of Roemenië of zoiets.'

'O,' zei Vlinder teleurgesteld.

Ze liep naar haar boekenplank en haalde de Grote

Bosatlas tevoorschijn. Ze sloeg de pagina's met gekleurde kaarten om totdat ze bij het oostelijk deel van Europa was.

'Hier ongeveer.'

Haar vinger viel precies op Boedapest.

Lang keek haar vertwijfeld aan en wees naar de kaart.

'Het kan ook daar zijn,' en hij wees naar Transsylvanië. Hij boog zich over de kaart en zuchtte.

'Ik weet het niet. Misschien is het ook wel Bulgarije, of Kroatië.'

Met een klap sloeg Vlinder de atlas dicht.

'Zo kom je nooit van je nachtmerrie af. We kijken wel even op internet, misschien vinden we daar meer informatie.'

Vlinder ging naar beneden, waar in een kamer met dozen en enorme stapels boeken een bureau met een computer stond. Lang sjokte achter haar aan. Toen hij naast haar ging zitten, had Vlinder allang internet opgestart en bij een zoekmachine 'dromenverkoper' ingetikt. Ze kreeg een paar resultaten waar het woord in voorkwam, maar die hadden niets met de dromenverkoper te maken.

'Er moet toch iets over hem te vinden zijn,' mompelde ze. Ze scrolde over de pagina's zonder er echt naar te kijken.

Plotseling riep Lang: 'Daar!' Zijn vinger prikte op het beeldscherm, wijzend naar een weblog.

Vlinder klikte de link aan en kwam in een forum terecht, waar een aantal mensen enthousiast verhaalden over de dromenverkoper. Iemand had spijt dat hij maar één droom had gekocht, een ander schreef dat ze voortaan alleen nog maar in het weekend zou dromen, zodat ze kon uitslapen. Niemand had het over nachtmerries en nergens stond waar de dromenverkoper woonde.

'Balen,' zei Lang.

Vlinder keek hem aan en kreeg acuut medelijden. Hij zag er zo verslagen uit.

'We vinden hem heus wel,' zei ze bemoedigend.

Ze klikte op de volgende pagina van het forum en zoog haar adem naar binnen.

'Kijk,' fluisterde ze. Wijzend naar het scherm keek ze Lang aan.

Het kasteel van de dromenverkoper is bereikbaar via de IJzeren Poort. Hij houdt niet van bezoek en zeker niet van pottenkijkers ...

'De IJzeren Poort,' fluisterde Vlinder. Ze tikte de woorden in bij de zoekmachine en meteen vond ze het: een gebied in Roemenië, in de bergen bij de Donau.

'Lang, je had gelijk! Hij woont in Roemenië!'

Lang antwoordde niet, en Vlinder wendde haar blik van het beeldscherm af. Ze schrok zich kapot. Lang staarde voor zich uit, lijkbleek, en hij leek zich niet meer bewust van zijn omgeving.

'Lang?' vroeg Vlinder, terwijl ze haar hand voor zijn ogen heen en weer bewoog.

Hij keek haar aan.

'Ik voel me niet goed.'

Hij stond op en wankelde naar de deur.

Vlinder haastte zich achter hem aan om hem naar de badkamer te loodsen. Op de overloop wachtte ze tot hij weer naar buiten kwam.

'Sorry,' zei Lang. 'Ik denk dat het door de koffie komt. Ik heb nog niks gegeten.'

Vlinder knikte; haar maag knorde ook. Er waren al bijna twee uur verstreken sinds Lang haar wakker gebeld had.

Ze liepen terug naar de computer. Vlinder wees naar het beeldscherm, waar de informatie over de IJzeren Poort nog stond.

'Nu weten we tenminste waar we naartoe moeten. Ik zal ontbijt maken, dan bedenken we hoe we er kunnen komen.'

Ze sloot het internetscherm en er verscheen een pop-upvenster.

'Irritante reclame,' mompelde ze. Ze wilde het venster wegklikken, maar Lang hield haar tegen. Het scherm toonde een trein met de tekst: *Voor maar 20 euro naar Boekarest. Grijp je kans!*

Vlinder en Lang keken elkaar aan.

'Grijp je kans?' vroeg Vlinder.

'Grijp je kans,' zei Lang.

Lachend keken ze elkaar aan.

Even later zaten ze aan de ontbijttafel zachtjes te overleggen.

'De trein vertrekt vanavond,' zei Lang.

'Maar ik heb geen twintig euro,' fluisterde Vlinder. 'Waar moet ik dat zo snel vandaan halen?'

'Ik heb het wel,' zei Lang.

Vlinder keek hem achterdochtig aan.

'Weet je het zeker?'

'Laat mij het maar regelen,' zei Lang.

Vlinder bleef hem aankijken.

'Ik wil van die verschrikkelijke spinnen af!' riep Lang wanhopig.

Vlinder nam een hap van haar boterham en zei niets. Natuurlijk wilde hij van die spinnen af. Daar wilde ze hem maar wat graag bij helpen. Ze geloofde alleen niet dat Lang veertig euro kon betalen. Ze vermoedde dat hij het uit zijn moeders portemonnee zou halen, maar daar moest zij zich niet mee bemoeien.

'Goed,' zei ze. 'We doen het.'

Lang slaakte een diepe zucht.

In het donker fietste Vlinder naar het station. De enige geluiden waren het gerammel van haar ketting en het geruis van haar dynamo. Aan het koordje om haar hals hing, behalve de amulet, ook de droom. Vlinder hoopte dat haar ouders het briefje op haar bureau pas morgen zouden vinden.

Bij de fietsenstalling van het station stond Lang op

haar te wachten. Hij had al treinkaartjes gekocht en gaf Vlinder het hare. De nummers van de coupé en de zitplaatsen stonden erop.

'Heb je je droom bij je?' vroeg Lang zenuwachtig.

Vlinder knikte. Ze vroeg maar niet of hij zijn droom ook bij zich had. Daar wilde hij vast niet aan herinnerd worden.

Samen liepen ze naar het perron. Het was rustig: er liepen alleen een echtpaar met een meisje van een jaar of zeven en een statige, oudere heer.

Zouden zij ook naar Roemenië gaan? vroeg Vlinder zich af. Wat was het eigenlijk vreemd. Moesten ze dit wel doen?

Lang stootte haar aan. Er naderden lichten over het spoor en even later stopte er een pikzwarte trein. De ramen waren donker. Er was niets doorheen te zien. Deuren gingen open. Lang wees naar het treinstel waar hun nummer op stond en Vlinder volgde hem naar binnen. In de trein was het akelig stil. Het echtpaar met het meisje en de oudere heer zagen ze niet meer. Die zaten zeker in een andere coupé.

Hun voetstappen klonken hol toen ze door het nauwe gangetje langs de coupés liepen. Voor de derde coupé bleef Lang staan. Hij vergeleek het nummer boven de deur met dat op zijn kaartje, opende de deur en ging naar binnen. Vlinder volgde. Ze sloot de deur achter zich, draaide zich om en hapte naar adem. Ze keek recht in de tandeloze glimlach van een oude vrouw.

De zwarte trein

'Ik jou zien, ik denk aan vlinder.' De waarzegster keek Vlinder vrolijk aan.

'Ja,' zei Vlinder met een beleefde glimlach. 'Zo heet ik ook.'

'Jaah! Natuurlijk!' schaterde de oude vrouw.

Ze zat bij het raam. Haar lange mantel hing aan het haakje tussen haar plaats en de plaats naast haar. Boven haar hoofd, aan de wand, hing een spiegeltje. Ze had een tas bij zich, een oude boodschappentas leek het wel, verschoten blauw met versleten hoeken. Er staken breinaalden uit en Vlinder zag verschillende kleuren wol. Boven de zitplaatsen hingen kleine bordjes met nummers. Vlinder ging op haar plaats zitten, recht tegenover de oude vrouw, ook bij het raam. Lang zat al, naast Vlinder, en ze moest over zijn benen heen stappen. Zodra ze zat, boog Lang zich naar haar opzij.

'Wat doet dat mens hier?' fluisterde hij.

'Weet ik veel,' fluisterde Vlinder terug. 'Blijkbaar gaat ze ook op reis.'

Er klonk een snerpend geluid, gevolgd door een harde klap. De deuren sloegen dicht en zuchtend zette de trein zich in beweging. Vlinder keek naar buiten en zag het station verdwijnen. Voorbij het station zag ze niets meer. De trein reed door de duisternis.

Binnen was het ook donker. Er hing alleen een zwak lampje in het midden van het plafond, dat een gelig licht verspreidde. Op het gewiebel van de trein slingerde het heen en weer, waardoor vreemde schaduwen ontstonden. De hoeken van de coupé waren in duisternis gehuld.

Vlinder keek opzij naar Lang. 'We zijn onderweg,' fluisterde ze om hem moed in te spreken.

Lang knikte afwezig en geeuwde.

Vlinder zakte onderuit. Ze probeerde naar buiten te kijken, maar daar was alleen een zwarte leegte. Ze vroeg zich af waar ze waren. Ze wist niet eens bij welke stations de trein zou stoppen.

'Donker hè?' zei ze tegen Lang, maar die reageerde niet. Hij staarde alleen voor zich uit.

Vlinder zuchtte. Ze had ook iets moeten meenemen, een leesboek of een spelletje. Stom dat ze daar niet aan had gedacht. Ze had niet eens muziek bij zich. Ze keek naar de waarzegster, maar die sliep. Haar hoofd was opzij gezakt, haar handen lagen in haar schoot. Haar mond stond een beetje open en op haar lip lag een spuugbelletje. De ene helft van haar gezicht was verborgen in de mantel waar ze tegenaan leunde en haar dunne krulletjeshaar zat tegen haar wang gedrukt.

Slapen, dacht Vlinder. Dat kon ze ook nog doen. Lang zakte al tegen haar aan.

'Ik ben zo moe,' murmelde hij.

'Wil je mijn jas als hoofdkussen gebruiken?' vroeg

Vlinder behulpzaam.

'Nee,' antwoordde Lang, en steunend ging hij recht-op zitten. 'Ik wil helemaal niet slapen.' Hij strekte zijn benen en legde zijn handen achter zijn hoofd.

Vlinder zei niets. Ze begreep wel waarom Lang niet wilde slapen: hij had een nachtmerrie voor een week. Ze maakte zich zorgen. Lang zag er nu al zo slecht uit. Hoe zou dat zijn na een week zonder slaap? Ze hoopte maar dat ze de dromenverkoper gauw zouden vinden en dat hij Lang van zijn spinnennachtmerrie kon verlossen.

'Ik ga eens kijken wat er verder in de trein is,' zei Lang, terwijl hij opstond. 'Misschien kan ik wel ergens iets te eten kopen.'

Zodra hij de coupé verlaten had en de deur had geslo-ten, opende de waarzegster haar ogen.

'Je bent dus toch met die jongen meegekomen,' zei ze, en Vlinder staarde haar verbaasd aan. Van haar vreemde accent was geen spoor meer te bekennen.

'Schrik maar niet,' zei ze op Vlinders reactie. 'Mis-schien niet zo netjes van me om te doen alsof ik sliep.'

Vlinder schudde haar hoofd. Nee, dat was inderdaad niet netjes, maar wat haar beangstigde, was dat ze die vrouw alweer tegenkwam. Blijkbaar was dat niet hele-maal toevallig.

'Achtervolgt u mij soms?' vroeg Vlinder.

De waarzegster lachte en schudde haar hoofd.

'Meisje toch.' Het klonk licht vermanend.

Ze rommelde in haar boodschappentas en Vlinder dacht even dat ze naar pepermuntjes zocht, zoals alle oude dames in de trein, maar even later lagen er verschillende knotten wol op haar schoot en werd de coupé gevuld met het getik van breipennen. Over de breipennen heen keek de oude vrouw Vlinder aan.

'Ik had natuurlijk kunnen weten dat je niet zou thuisblijven. Vriendschap ...' Ze schudde haar hoofd.

'Waarom had ik moeten thuisblijven?' vroeg Vlinder. 'Ik kon Lang toch niet alleen op reis laten gaan?'

'Omdat het gevaarlijk is, meisje, dat heb ik je toch al gezegd.'

De waarzegster richtte zich weer op haar breiwerk en leek Vlinder vergeten.

Vlinder keek naar de knotten wol die snel kleiner werden en naar de breinaalden die zo vlug bewogen, dat ze nauwelijks zichtbaar waren. Buiten was het nog steeds aardedonker. Kwam Lang maar terug, dan kon ze tenminste met hem kletsen. Nu zat ze met die vreemde vrouw opgescheept.

'Jij hebt een bijzonder mooie droom, Vlinder,' zei de waarzegster, zonder van haar ingewikkelde breiwerk op te kijken. 'Die heb je gekregen en dat is niet zomaar.'

Vlinders hand ging naar het koordje om haar hals waaraan het dromenbuideltje hing. Hoe kon deze vrouw weten wat voor droom ze had gekregen?

'Ik denk eerlijk gezegd dat het een nachtmerrie is,' zei ze. 'Net zoals die van Lang.'

De vrouw keek plotseling op. Ze had heel donkere ogen, bijna zwart, zag Vlinder.

'Ik geloof van niet,' zei de waarzegster, op zo'n vastberaden toon dat Vlinder de kriebels kreeg.

'Nou ja, misschien komt hij nog eens van pas. Soms gebeuren dingen die je van tevoren niet had kunnen voorspellen.'

Vlinder antwoordde niet. Die vrouw was krankzinnig. Ze moest zich niet te veel van haar aantrekken. Ze draaide een kwartslag, legde haar benen op Langs plaats en drapeerde haar warme jas als een dekentje over zich heen. Ze voelde zich doodmoe. Waar bleef Lang toch? Misschien was hij ergens in slaap gevallen? Ze keek op haar horloge en tot haar verbijstering zag ze dat ze al vijf uur onderweg waren. Als de tijd zo snel verstreek, was Lang vast veel langer weg dan ze vermoedde. Ze wierp een onderzoekende blik op de vrouw tegenover haar. Ze was gestopt met breien en had haar ogen gesloten. De ene breinaald was uit haar hand gegleden, de andere lag losjes tussen haar vingers. Het leek alsof ze sliep, maar Vlinder vermoedde dat ze toch stiekem nauwlettend in de gaten werd gehouden.

Ze legde haar jas naast zich en stond op. Slapen lukte helemaal niet, daar was ze te onrustig voor.

In het smalle gangetje was het nog donkerder dan in de coupé. Ook hoorde ze hier het enorme lawaai dat de trein maakte. In de treincoupé had ze daar eigenlijk niets van gemerkt. Met haar ogen zocht ze koortsachtig de wanden af naar bordjes: toilet, restauratiewagon, maar zulke aanwijzingen ontbraken. Ze moest gokken welke kant Lang op gegaan was, maar ze twijfelde niet lang en sloeg rechtsaf.

Eerst kwam ze langs een treincoupé met een open schuifdeur; die was leeg. Vervolgens passeerde ze een coupé die gesloten was; daaruit klonk vrolijk gelach en gepraat. Daarna kwam ze in een halletje, bij de buiten-deuren. In dat halletje stond de statige, oudere heer die ze op het station hadden gezien. Hij droeg een lange winterjas, een chique das, en hij had een bruine lederen aktetas bij zich.

Vlinder knikte vriendelijk naar hem.

'Is hier misschien ergens een restauratiecoupé?' vroeg ze.

De oudere heer keek naar haar alsof ze Chinees sprak.

'Hebt u misschien mijn vriend Lang gezien, een lan-ge, donkere jongen?'

De heer bleef haar vreemd aankijken en Vlinder liep snel verder. Weer kwam ze in een smal, donker gangetje, met aan de rechterkant coupés. Alle deuren waren geslo-ten. In iedere deur zat een smal raampje, maar daardoor-heen zag Vlinder niets.

Plotseling maakte de trein een heftige slingerbewe-ging en Vlinder smakte tegen de wand van een coupé, zo hard dat ze haar schouder bezeerde. Toen ze overeind krabbelde, werd ze weer opzij geslingerd. De trein minderde vaart en stond even later stil. Met een harde klap gingen de deuren open. Vlinder liep snel door naar het volgende halletje, misschien zou ze kunnen zien waar ze waren. Vlak voordat de deuren sloten, ving ze een glimp op van het perron. Er dwarrelden sneeuwvlokken omlaag en er stond een groot bord met een plaatsnaam die haar niet bekend voorkwam. Vlinder schrok van de klap waarmee de deuren dichtsloegen. Met een klein schokje zette de trein zich weer in beweging. Hadden ze hier moeten uitstappen of was dit slechts een tussenstation? Vlinder had geen idee.

Ze twijfelde of ze verder op zoek zou gaan naar Lang of teruggaan naar de coupé, toen ze een vreemd geluid hoorde. Het leek wel of ergens een jong hondje zat te piepen. Vlinder wist eerst niet waar het geluid vandaan kwam, maar toen zag ze in een hoek een deur. De wc. Wat deed een jong hondje op de wc? Voorzichtig opende ze de deur, maar ze schrok zo van wat ze zag, dat ze hem meteen weer dichtsmeet. Daarna deed ze hem voorzichtig weer open.

'Lang?' fluisterde ze. Ze hurkte neer bij de figuur die ineengedoken op de grond zat. Ze herkende hem bijna niet. Hij trilde over zijn hele lijf, hij zweette, zijn gezicht was spierwit en hij maakte dat rare, piepende geluid. Vlinder schudde zachtjes aan zijn schouder.

'Lang,' zei ze weer. 'Wakker worden.'

Hij reageerde niet en Vlinder schudde harder, pro-

beerde zijn hand te pakken, die hij tussen zijn benen geklemd hield. Het enige wat gebeurde, was dat hij nog harder ging piepen.

'Lang!' riep Vlinder, nu bijna in tranen.

'Is er iets?' vroeg plotseling een stem achter haar.

Met een ruk draaide ze zich om. In de deuropening stond een man met een grijs snorretje en nette kleren.

'Nee, het gaat wel,' zei Vlinder. 'Mijn vriend is alleen uitgegleden, bedankt.' Ze wist niet waarom ze loog, maar ze kreeg een onheilspellend gevoel bij die man. Hij ging niet weg, maar kwam zelfs dichterbij en lispelde: 'Het is een nachtmerrie, hè? Een prachtige, doodenge nachtmerrie, hahahaha!'

Vlinder dook ineen en de man boog voorover, zijn gezicht nu vlak bij het hare. Ze kon zijn adem ruiken.

'Waarom heb jij geen nachtmerrie? Moest jij niet ook dromen?'

'Ga weg,' zei Vlinder. 'Laat ons met rust.'

Toen leek de man ergens van te schrikken en hij verdween. Vlinder keek peinzend in de leegte die hij achterliet. Ze had hem eerder gezien, maar waar?

Ze richtte zich weer tot Lang, die nu langzaam uit zijn nachtmerrie ontwaakte. Wankelend kwam hij overeind en Vlinder ondersteunde hem, terwijl ze naar hun coupé terugliepen. Lang bibberde nog steeds. Verder jammerde hij alleen maar. Wat Vlinder ook aan hem vroeg, ze kreeg geen zinnig antwoord. Het zou nog een hele tijd duren voordat ze erachter kwam wat er gebeurd was.

Ze schoof de deur van hun coupé open en leidde Lang naar binnen. De plaats waar de waarzegster had gezeten, was leeg. Haar tas en mantel waren ook verdwenen. Ze was zeker uitgestapt bij het vorige station.

Inmiddels begon het buiten wat lichter te worden. Vage vormen werden zichtbaar toen Vlinder naar buiten keek. Bomen, en toen het nog wat lichter werd, zag ze ook bergen. Ze had geen flauw benul waar ze waren.

Ze probeerde wat te slapen, maar Lang hield haar wakker met onzinnig geklets omdat hij nu helemaal niet meer in slaap wilde vallen. Nooit meer.

Vlinder vroeg zich af hoe hij op de wc terecht was gekomen en hoe het precies zat met zijn nachtmerrie, maar hij wilde het niet vertellen.

Het werd lichter en lichter, de trein minderde vaart en stopte. Precies voor het raam van hun coupé stond een groot bord. *IJzeren Poort*, stond erop.

IJzeren Poort

Vlinder en Lang stonden op het perron. In de verte waren nog de lichten van de trein zichtbaar, maar die werden kleiner en kleiner, totdat ze helemaal verdwenen waren. Het perron was verlaten. De betonnen tegels en de trap naar beneden waren wit besneeuwd. Vlinder rilde en bukte zich om een warme trui uit haar tas te halen. Toen ze die had aangetrokken en haar jas weer dichtritste, vroeg ze: 'Wat nu?'

Ze keken om zich heen. Het was amper een station te noemen, het leek meer een toevallige halte in de wildernis. Er liep slechts één spoor en er was maar één perron, met dat bord waar *IJzeren Poort* op stond. Er was geen huisje, om bijvoorbeeld treinkaartjes te kopen, er was geen bord met informatie over vertrektijden of een plattegrond van de omgeving. Er was alleen maar het spoor en het perron met de betonnen trap.

'Laten we eerst hier weggaan.' Lang wees naar de trap. Allebei pakten ze hun tas en verlieten het perron.

Het was doodstil. Alles was wit van de sneeuw. Verse sneeuw, waarin nog geen mens of dier zijn sporen had achtergelaten. Er stonden wat lage, kale struikjes en hier en daar een boom. Een smal paadje liep langs het spoor, in de verte rezen bergen op.

'Zullen we dat paadje maar volgen?' vroeg Vlinder. Het was het enige pad, dus het moest wel ergens naartoe leiden. Misschien naar een huis, of een klein dorpje, waar ze konden vragen waar de dromenverkoper woonde.

Het paadje was zo smal dat ze achter elkaar moesten lopen. Een tijdje liep het parallel aan het spoor, maar na een paar honderd meter boog het af en ging het verder richting de bergen, die grillig afstaken tegen de heldere lucht.

Nergens zagen ze een huis, ook in de verte niet. Nergens zagen ze een teken van leven.

'Zou dit wel goed zijn?' vroeg Lang vertwijfeld, en daarmee sprak hij hardop uit waar Vlinder liever niet over nadacht.

'Dat moet wel,' zei ze. 'Als hier niemand woont, waarom is er dan een station?'

'Ja,' antwoordde Lang, en daarbij bleef het.

Zwijgend liepen ze voort, de sneeuw krakend onder hun voeten.

Het paadje eindigde aan de rand van een groot meer. Ze stonden aan een kleine baai, met aan weerskanten hoog oprijzende rotsen, waartussen slierten mist hingen. In de baai lag een roeibootje.

Vlinder en Lang keken elkaar aan. Eindigde het pad hier, bij het meer? Was er verder helemaal niets, of was het de bedoeling dat ze met het bootje verder gingen? Maar waarnaartoe dan? Vlinder tuurde het meer af en probeerde door de mist heen iets te zien.

'Lang,' fluisterde ze wijzend.

Daar, midden in het meer, verrees een donker silhouet, groot en vierkant, niet grillig zoals de rotsen.

'Een kasteel,' fluisterde Lang.

Ze keken naar het bootje en weer naar het kasteel.

'Er liggen roeispanen in,' zei Lang.

Vlinder knikte en staarde peinzend naar het kasteel. Het was natuurlijk het kasteel van de dromenverkoper, maar ze had het gevoel dat ze er beter niet naartoe konden gaan, een onbehaaglijk gevoel. Ze keek naar Lang, die er verschrikkelijk uitzag. De wallen onder zijn ogen waren donkere plekken in zijn spierwitte gezicht. Ze waren voor hem het hele eind met de trein gekomen, nu moest ze niet opgeven omdat het kasteel er een beetje griezelig uitzag.

'Zullen er maar naartoe varen?' Vlinders stem bibberde, maar dat hoorde Lang gelukkig niet. Hij liep naar het roeibootje, legde zijn rugzak erin en wenkte Vlinder.

'Ik duw wel af, mijn schoenen zijn waterdicht.'

Vlinder legde haar weekendtas naast de rugzak van Lang en klom in de wiebelende roeiboot. Voordat ze ging zitten, veegde ze met haar mouw de sneeuw van het bankje.

Even later dobberden ze op het water. Vlinder en Lang zaten naast elkaar, ieder met een roeispaan. Bij iedere slag kwamen ze verder van de baai en algauw zagen ze hem niet meer. De mist was koud. Het was muisstil, alleen het geplons van hun roeispanen in het water was te horen.

Vlinder keek achterom naar het kasteel, nog steeds een onduidelijk silhouet in de mist. Ze roeide een paar slagen en keek weer achter zich. Ze had het goed gezien: ze gingen niet recht op het kasteel af. Ze hield een paar slagen in, zodat Lang de boot weer op koers kon brengen. Hij roeide langzaam, terwijl hij voor zich uit staarde.

'Lang, gaat het wel?' Bezorgd legde Vlinder haar hand op zijn arm.

'Lang?' vroeg ze weer.

Hij zat half te slapen.

'Moet ik roeien?'

Verdwaasd keek hij op.

'Nee, het lukt wel.'

Hij gaf een paar wilde slagen met de roeispaan, waardoor de spetters rondvlogen, maar het bracht de boot niet echt vooruit.

'Je bent veel te moe,' zei Vlinder, die zich ook niet bepaald energiek voelde.

'Laat mij het eerste stuk roeien, dan mag jij daarna.'

Ze duwde Lang zachtjes opzij, zodat hij op het andere bankje ging zitten, tegenover haar. Daarna pakte ze beide roeispanen.

'Kijk jij of we recht naar het kasteel varen,' zei ze tegen Lang. Een paar minuten roeide ze achter elkaar door.

Het was zwaar, maar ze had wel het idee dat ze vooruit-kwamen. Tegenover haar staarde Lang voor zich uit.

'Gaan we nog goed?' vroeg ze.

Lang antwoordde niet, maar hij knikte. Tenminste, dat dacht Vlinder. Ze roeide door en na een tijdje keek ze achterom. Weer was ze van de koers afgedwaald. Ze stuurde bij en bleef eventjes naar het kasteel kijken. Nog steeds was het een donker silhouet in de mist, maar het tekende zich wel duidelijker af. Er brandde een lichtje. Ze ging weer recht zitten om verder te roeien. Lang was intussen in slaap gevallen, zijn hoofd voorover gezakt, zijn kin op zijn borst.

Vlinder probeerde zo snel mogelijk vooruit te ko-men. Ze wilde niet dat Lang een nachtmerrie in de boot kreeg. Als hij hier wild om zich heen zou slaan, kon hij wel eens overboord vallen. Het water zag er ontzettend koud uit.

Verbeten roeide Vlinder door, slag na slag maakte ze met de roeiriemen. Ze kreeg pijn in haar armen en schouders en haar vingers raakten verkrampt door de kou, maar ze ging door. Regelmatig keek ze of ze nog de goede kant uit ging en ze zag de afstand tot het kasteel steeds kleiner worden.

Plotseling slaakte Lang een kreet. Geschrokken stopte Vlinder met roeien, maar er gebeurde niets meer. Lang zat rustig te slapen, nog steeds met zijn hoofd voorover.

Vlinder roeide vlug door; het was nog maar een klein stukje. Het kasteel stond op een enorme rots die uit het water oprees. Op de meeste plaatsen ging de rots recht omhoog, maar er was een plekje waar ze de boot kon aanleggen en waar ze gemakkelijk omhoog zouden kunnen klimmen. Nog een paar slagen en met een zachte bonk stootte de boot tegen de rots. Vlinder liet één roeispaan los, zodat ze de rots kon vastpakken. Het touw bond ze met een stevige knoop aan een omhoogstekende rotspunt.

'Lang! Wakker worden, we zijn er!'

Door de boot kroop ze naar hem toe en schudde aan zijn schouder. Zijn hoofd schoot overeind, zijn ogen waren opengesperd en hij gilde snerpend.

'Ssst! Lang!' riep Vlinder geschrokken. 'Ik ben het maar, Vlinder. We zijn bij het kasteel.'

Lang keek Vlinder aan, knipperde met zijn ogen en keek verdwaasd om zich heen.

'Het kasteel?'

'Van de dromenverkoper, weet je wel. Nog even, dan ben je van je nachtmerrie verlost.'

'Ja,' zei Lang, maar het klonk niet enthousiast.

Vlinder hees haar tas op haar schouder en stapte uit de wiebelende boot. Lang volgde haar. Langs de rots liep een richel omhoog, met af en toe een verspringing erin, als een traptrede. Het kostte geen enkele moeite om langs die richel omhoog te klauteren, naar het kasteel toe. Alleen moest Vlinder niet omlaag kijken, waar in de diepte het roeibootje in het water dobberde.

Het was nog steeds mistig, maar naarmate ze hoger

kwamen verdween de mist en algauw zagen ze dat de zon scheen. Boven hadden ze een schitterend uitzicht over het meer. De lucht was helderblauw, bergen rezen omhoog langs het meer en vlak boven het water hingen dunne nevelslierten. Vlinder ritste haar jas open; hierboven in de zon was het behoorlijk warm.

Achter hen stonden wat struiken en daarachter lag het kasteel. Ze wilden er net naartoe lopen, toen er een auto stopte. Vlinder en Lang keken elkaar verbaasd aan. Een auto? Hoe kwam die daar? Het kasteel lag toch midden in het meer?

Door de struiken gluurden ze naar de auto. Hij was glimmend zwart, met geblindeerde ramen, zodat ze niet konden zien wie erin zat. Vlinder ging ervan uit dat het de dromenverkoper zelf was die thuiskwam, maar toen ze op hem wilde afstappen, kwam er iemand anders uit de auto. Iemand met nette kleren en een dun, grijs snorretje.

'Lang!' fluisterde Vlinder geschokt.

Hij had het ook gezien en trok haar snel achter de struiken.

'Dat is die man die ik in de trein tegenkwam,' fluisterde hij.

Vlinder knikte ademloos. Ze zagen de man naar de grote ijzeren deur van het kasteel lopen en aan de bel trekken.

'Wat doet die hier?' vroeg Lang. 'Kent hij de dromenverkoper?'

Vlinder antwoordde niet, maar keek wat er gebeurde. Het duurde een tijdje voordat er knarsend een luikje in de deur openging. De dromenverkoper zei iets en het luikje sloeg dicht. De man met het grijze snorretje riep en schold, trok hard aan de bel, riep weer iets, een naam, en daarachteraan schreeuwde hij: 'Je ontkomt er niet aan! De mensen hebben allemaal nachtmerries!'

Hij lachte hard, waarop het luikje weer openging. De mannen praatten even, ruzieachtig, maar even later ging toch de grote ijzeren deur open.

Vlinder en Lang keken elkaar vragend aan. Wat was hier aan de hand? Wat wist die man met het snorretje van de nachtmerries?

'We kunnen ons maar beter verborgen houden,' zei Lang, en Vlinder knikte. Zij had precies hetzelfde gevoel. Bovendien wist ze nu waar ze de man met het snorretje eerder gezien had. Ze vroeg zich af waarvan hij de dromenverkoper kende.

De waakdromen

Met een zware dreun sloeg de ijzeren deur dicht. Stilletjes kwamen Vlinder en Lang uit de struiken tevoorschijn. Gebukt slopen ze naar de auto en verborgen zich erachter. Ze keken naar het kasteel dat imposant voor hen oprees. Op de hoeken stonden ronde torens met kantelen en kleine, vierkante raampjes. In het midden zat de ijzeren deur. Hij was wel twee meter breed en vier meter hoog, met grote, ijzeren punten in rijen onder elkaar. Boven de deur, over de hele breedte van het kasteel, zaten grote glas-in-loodramen. Het kasteel zag er heel ontoegankelijk uit.

'Misschien is er aan de zijkant nog ergens een deur,' opperde Vlinder. 'Zal ik kijken?'

Ze wachtte niet op antwoord, maar rende naar het kasteel. Meteen zag ze aan de zijkant inderdaad een klein, houten deurtje, waar een groot sleutelgat in zat.

'O nee,' mompelde Vlinder. Met haar volle gewicht duwde ze tegen de deur, maar er was geen beweging in te krijgen. Ze keek omhoog, of er ergens een raam was. Er waren er drie, zo'n vijf meter boven de grond, en er was niets waarmee ze ernaartoe kon klimmen.

Ze schrok toen ze achter zich een takje hoorde breken, en zuchtte opgelucht toen ze Lang zag naderen.

'En?' vroeg hij nieuwsgierig.

'Een deur die op slot zit en ramen die te hoog zitten om naartoe te klimmen.'

Ze liepen verder, naar de achterkant van het kasteel, maar daar konden ze niet komen. Het kasteel stond hier zo dicht langs de rand van de rots, dat ze er onmogelijk konden lopen.

'Het lijkt wel een vesting,' mopperde Lang.

Ze liepen terug. Lang probeerde de houten deur, maar ook hij kreeg er geen enkele beweging in; hij zat potdicht.

'Anders moeten we toch maar aanbellen,' opperde Lang, maar Vlinder schudde haar hoofd. 'Waarom niet? We hoeven alleen maar aan de dromenverkoper te vragen of hij me van mijn nachtmerrie kan verlossen.'

'En die andere man dan? Het voelt niet goed. Ik vertrouw hem niet. Ik weet zeker dat hij iets met die nachtmerries te maken heeft.'

Lang huiverde.

'Wat deed hij eigenlijk bij je in de trein?' vroeg Vlinder.

Lang schudde zijn hoofd en kreeg een vreemde blik in zijn ogen, alsof hij Vlinder niet meer zag.

'Ik moet hem gehoorzamen, hij is de meester. Alleen hij weet wat goed is en alleen hij kan de spinnen wegjagen.'

'Lang,' zei Vlinder angstig. Hij praatte met zo'n vreemde stem. 'Lang, het is maar een droom. Stop daarmee, het is niet echt.'

Lang knipperde met zijn ogen en keek haar aan.

'Ik ben zo ontzettend moe,' zuchtte hij.

'Nog even volhouden,' zei Vlinder. 'Als we maar bij de dromenverkoper kunnen komen en die andere man ver uit de buurt is.'

Ze dacht na over wat Lang gezegd had. Die man met het snorretje wist niet alleen dat Lang een droom had gekocht, maar ook dat de droom een nachtmerrie over spinnen was.

'Hij heeft het gedaan,' mompelde ze. 'Alle nachtmerries komen van hem.' Ze knikte nadenkend. Ze moest erachter komen wat er precies aan de hand was.

'Wat?' vroeg Lang, maar Vlinder schudde haar hoofd.

'Ik vroeg me alleen af hoe hij de dromen in nachtmerries heeft veranderd. Kom, we moeten eerst binnen zien te komen.'

Ze liepen om de toren heen naar de voorkant van het kasteel, toen ze stemmen hoorden. Meteen verborgen ze zich achter de toren. Eromheen glurend zagen ze de dromenverkoper en de man met het snorretje buiten staan.

'Doe het niet,' smeekte de dromenverkoper en de man met het snorretje lachte vals.

'Wat wou je eraan doen?' vroeg hij en de dromenverkoper jammerde. De man met het snorretje stapte in zijn auto en reed weg. De dromenverkoper keek hem verdrietig na. Nog een tijdje bleef hij staan, starend over het meer. Toen sjokte hij terug naar zijn kasteel, hoofdschuddend en mompelend. De ijzeren deur dreunde dicht.

'Aanbellen?' vroeg Lang.

'Nee,' zei Vlinder bedachtzaam. 'Wacht nog even.'

Ze wachtten nog even, maar er gebeurde niets.

Lang begon ongeduldig te worden.

'Ik wil slapen, Vlinder, zonder nachtmerries. Laten we nu meteen naar de dromenverkoper gaan.'

Voordat Vlinder het in de gaten had, liep Lang naar de ijzeren deur.

'Nee Lang, wacht!' schreeuwde Vlinder, maar hij trok al aan de bel.

Vlinder wist niet waarom, maar ze vertrouwde het niet. Ze dacht nog steeds dat de dromenverkoper van de nachtmerries afwist. Eigenlijk zou ze naar Lang moeten gaan, ze deden dit tenslotte samen, maar ze bleef waar ze was: verstopt achter de toren.

Het luikje in de ijzeren deur ging geluidloos open.

'Ik heb een nachtmerrie,' zei Lang zacht. 'Ik kan niet meer slapen. U moet mij weer een leuke droom geven.'

Vlinder hoorde dat er grendels van de deur geschoven werden en even later ging hij open. De dromenverkoper keek naar Lang en Vlinder hoorde hem iets zeggen over rijk en wereldberoemd.

'U moet me helpen,' jammerde Lang. 'Ik wil slapen, ik wil niet meer dromen over gruwelijke spinnen.'

De dromenverkoper kneep zenuwachtig in zijn handen.

'Jaja,' zei hij. 'Kom gauw binnen.'

De dromenverkoper trok Lang naar binnen en de deur sloeg dicht.

Net toen Vlinder tevoorschijn wilde komen, kwam de zwarte auto terug. Snel dook ze weg en keek wat er gebeurde. De man met het grijze snorretje stapte uit. Hij had een grote, zwartleren tas bij zich, die hij tegen zich aan gedrukt hield. Hij liep ermee naar het kasteel en belde aan. Het duurde lang voordat de dromenverkoper opendeed en de man met het grijze snorretje werd ongeduldig. Hij belde nog een keer, langdurig. Toen de dromenverkoper eindelijk opendeed, was hij nog zenuwachtiger dan daarvoor. Zonder iets te zeggen ging de man met het snorretje naar binnen en de ijzeren deur sloeg weer dicht.

Vlinder rende ernaartoe. Nu moest ze naar binnen! De dromenverkoper, die man, ze vertrouwde het voor geen cent. Wat zou er met Lang gebeuren? Ze had het verontrustende gevoel dat hij in groot gevaar verkeerde. Maar hoe moest ze het kasteel binnenkomen? Ze bekeek de ijzeren deur, duwde ertegen, en plotseling zag ze een gat in de muur, net boven de grond. Ze ging op haar knieën zitten om het beter te bekijken. Het was niet groot, maar ze zou erdoorheen kunnen. Ze ging op haar buik liggen, met haar benen in het gat, en schoof langzaam naar achteren. Op het laatst liet ze zich naar beneden vallen en met een plof kwam ze neer. Ze was binnen en kon niet meer terug, zag ze. Het gat was een klein raampje dat hoog boven haar in de muur zat. Ze was in een kerker terechtgekomen!

Vlinder huiverde, maar ging toen dapper op zoek naar de deur. Het was een donkere cel en door het raampje kwam nauwelijks licht binnen. Gelukkig stond de deur op een kier. Hij was loeizwaar en het kostte haar veel moeite om hem helemaal open te krijgen. Ze kwam in een lange, smalle gang met nog meer van die zware deuren. Er brandden een paar kleine lampjes, die niet veel licht gaven. Behoedzaam sloop Vlinder door de gang. Aan het eind was een trap. Ze vond het eng en wenste dat ze niet alleen was. Bovendien hoorde ze een vreemd geluid: geborrel, gepruttel en gesis, dat uit een van de cellen kwam. Vlinder liep ernaartoe en slaakte een kreet van verbazing. In de cel stond een lange tafel met allerlei doorzichtige bollen die door buizen met elkaar verbonden waren. Er liep een gekleurde vloeistof doorheen, of wat was het? De ene keer was het een vloeistof, dan weer was het nevelig. Het veranderde steeds van kleur. Soms stroomde het er heel snel doorheen, maar op andere plaatsen druppelde het als een lekkende kraan. Met open mond staarde Vlinder ernaar. Werden hier de dromen gemaakt? Ze keek verder en zag dat tegen de wand een grote stellingkast stond die de hele muur in beslag nam, van de vloer tot het plafond. Hij stond vol met glazen potjes die allemaal gevuld waren, sommige met vloeistof, andere met nevel of poeder.

Maar ze moest hier niet blijven staan. Ze moest op

zoek naar Lang, hem helpen. Ze draaide zich om naar de trap. Haar adem stokte in haar keel. Op de trap zaten twee joekels van honden met vierkante koppen en bloeddoorlopen ogen. Hun lippen waren vervaarlijk opgetrokken, zodat hun vlijmscherpe tanden goed zichtbaar waren, en uit hun keel kwam een diep, dreigend gegrom. Vlinder slikte. Angstig keek ze om zich heen, maar er was geen uitweg. Nee, ze moest niet wegrennen, dat wist ze, dat was het domste wat ze kon doen. Eigenlijk moest ze de honden ook niet aankijken. Dat was heel onverstandig, maar ze kon niet anders. Ze moest ze in de gaten houden. Roerloos stond ze tegenover de honden. Haar mond werd kurkdroog. Toen, met een grauw en een grom, sprongen de enorme beesten op haar af. Vlinder gilde en in een opwelling liet ze zich op de grond vallen. Trillend en hijgend lag ze daar, met stijf dichtgeknepen ogen. Ze verwachtte elk ogenblik een hete adem in haar nek, maar die kwam niet. Voorzichtig keek ze op. Op de trap zaten twee vervaarlijk uitziende honden met vierkante koppen, bloeddoorlopen ogen en vlijmscherpe tanden. Ze gromden dreigend. Voorzichtig kwam Vlinder overeind. Ze zaten daar precies zoals net en net als daarstraks sprongen ze grommend op haar af. Vlinder dook weer ineen. Ze vond het nog steeds heel eng, maar ze was minder bang dan daarnet. Er was iets vreemds met die honden. Ze sprongen over haar heen, zonder haar aan te raken, en landden achter haar. Toen Vlinder omkeek, waren ze verdwenen. Ze keek weer voor zich en daar zaten ze, op de trap.

Natuurlijk! Vlinder lachte hardop en de honden verdwenen. Ze was in het kasteel van de dromenverkoper. Dit waren geen echte waakhonden, dit waren dromen! Waakdromen, gniffelde Vlinder.

Ze liep de trap op en kwam bij een deur. Voordat ze die opende, luisterde ze. Het was stil. Ze kwam in een grote hal, met marmeren plavuizen op de vloer. Aan de linkerkant was een brede, stenen trap en toen Vlinder omhoogkeek, zag ze het beschilderde plafond met de kroonluchters. Er waren vier deuren. De eerste was de deur waar ze net doorheen gekomen was, de tweede was de grote ijzeren buitendeur. De andere twee deuren waren hoog en smal en langs de randen waren ze versierd met houten krullen. Een van de deuren stond op een kier. Vlinder legde haar oor ertegenaan, maar ze hoorde geen enkel geluid. Voorzichtig duwde ze hem een klein stukje verder open. Ze zag een ruimte met een lange, donkerbruine tafel, schilderijen aan de muur en een brandende open haard. Er was niemand. Ze deed de deur zachtjes dicht en liep naar de andere deur. Ook hier luisterde ze eerst, maar ze hoorde niets. Voorzichtig duwde ze de klink omlaag. De deur zat op slot. Waar waren Lang en de dromenverkoper naartoe?

Ze ging naar de stenen trap en beklom hem. Vlinder had het gevoel dat het getik van haar schoenen op de treden door het hele kasteel te horen was. Boven kwam ze op een lange overloop, waar haar voeten diep wegzakten in een bruinrode loper. Uit een kamer achter een gesloten deur klonken stemmen. Vlinder sloop er zo zachtjes mogelijk naartoe en luisterde aan de deur. Ze hoorde die akelige man met het grijze snorretje en de dromenverkoper met elkaar praten. De dromenverkoper klonk angstig. Jammer genoeg kon ze niet precies verstaan wat ze zeiden en ze durfde de deur niet op een kiertje te openen. Plotseling hoorde ze de stem van de nare man heel duidelijk.

'Uiteindelijk zul je wel moeten,' dreigde hij. 'Alle dromen zijn nachtmerries geworden. Je gaat failliet, en hoe moet het dan met dit mooie kasteeltje? Wie onderhoudt je dromen nog? Hahaha! Ik! Na jou ben ik de enige die aanspraak maakt op het dromenkasteel.'

'Het nachtmerriekasteel bedoel je!' riep de dromenverkoper luid. 'Ik zal nooit toestaan dat jij het hier voor het zeggen krijgt. Nooit! Jij bent een gemene machtswellusteling.'

'En iedereen zal nachtmerries hebben, haha! Niemand zal nog lekker slapen!'

Dus dat was die gemene man van plan! Vlinder had genoeg gehoord. Ze moest op zoek naar Lang. Hij was waarschijnlijk niet in deze kamer, bij de ruziënde mannen, maar waar was hij wel? Wat had de dromenverkoper met hem gedaan?

De levende nachtmerrie

Vlinder dwaalde door het kasteel. Het was gigantisch, er waren zoveel deuren, zoveel gangen en zoveel trappen. Na een tijdje wist ze niet eens meer op welke verdieping ze was. Nog steeds had ze Lang niet gevonden.

Op goed geluk opende ze de zoveelste deur. Erachter liep een smal trappetje naar beneden. De houten treden kraakten. Beneden kwam Vlinder in een grote ruimte, met rode plavuizen, een enorme schouw en hoge ramen. In de schouw hing aan een haak een koperen pan en er stond een grote rieten mand. Verder stond er een eettafel van zwaar donker hout met een aantal stoelen eromheen. Meer niet. Naast de schouw was een deur. Daar liep Vlinder naartoe en ze opende hem. Ze kwam weer op een overloop. Drie treden gingen omhoog en overal waren weer deuren. De moed zonk haar in de schoenen. Lang moest in het kasteel zijn, dat kon niet anders, maar op deze manier kon ze nog uren ronddwalen voor ze hem vond. Ze probeerde iedere deur waar ze langskwam. De meeste waren op slot, achter andere vond ze alleen lege ruimten, of juist heel volle. Nergens zag ze Lang.

Totdat ze halverwege de gang een deur opende. Ze zag Lang meteen, ook al was de kamer schemerig. Hij lag op een groot hemelbed heel rustig te slapen. Toen

Vlinder naar hem toe liep, zag ze hem zelfs glimlachen in zijn slaap. Ze slaakte een diepe zucht van verlichting. De dromenverkoper had hem toch geholpen. Hij had geen nachtmerrie meer.

Vlinder ging naast Lang op het hemelbed zitten, zachtjes, maar het liefst wilde ze 'Lang!' schreeuwen, zo blij was ze dat ze hem eindelijk gevonden had. Ze wilde ook vertellen over de man met het grijze snorretje, over het gesprek dat ze had afgeluisterd en over zijn gemene plannen. Ja, ze moest het Lang vertellen, ze moesten die gemene man samen tegenhouden!

Ze schudde Lang wakker.

'Lang!' riep ze. 'Lang, moet je eens luisteren.'

Kreunend werd hij wakker. Hij knipperde even met zijn ogen, zag Vlinder en schoot overeind.

'Vlinder! Wat doe je nou? Ik had net zo'n fantastische droom!'

'Lang, dat is heel fijn, maar dit is belangrijk. Ik heb de dromenverkoper met die engerd horen praten.'

'Die engerd die ik in de trein tegenkwam?' Lang huiverde.

'Ja, die. Hij heeft ontzettend gemene plannen.' Vlinder vertelde wat ze gehoord had over de nachtmerries.

'Ik weet het,' zei Lang. Hij zat inmiddels rechtop, klaarwakker.

'Het is afschuwelijk, met die nachtmerries heeft hij macht over iedereen. Weet je, in die trein ...'

Hij pauzeerde even om te bedenken hoe hij het onder

woorden moest brengen.

'Hij wist precies welke nachtmerrie ik had. Hij kon alles met me doen, me alles laten doen. Als ik niet deed wat hij zei, zou de nachtmerrie nog erger worden.'

Vlinder keek haar vriend geschokt aan.

'Kon je je niet verzetten?' vroeg ze, maar Lang schudde zijn hoofd.

'Het is zo erg, dat kun je je niet voorstellen. Je hebt niet geslapen en je bent zo ontzettend moe dat je niet meer helder kunt denken. Op het moment dat je het helemaal niet meer ziet zitten, komt er iemand die precies weet hoe ellendig je je voelt. Hij laat je nachtmerrie verdwijnen, als je tenminste doet wat hij opdraagt. Als je dat weigert, laat hij je nachtmerrie terugkomen, nog verschrikkelijker dan de vorige keer.'

Lang glimlachte even.

'Gelukkig heeft de dromenverkoper me van mijn nachtmerrie afgeholpen. Ik heb zo heerlijk geslapen!'

Toen betrok zijn gezicht.

'Ik hoop niet dat die engerd meer mensen in zijn macht heeft.'

'Dat zal haast wel,' zei Vlinder. 'Wie weet is hij hier al jaren mee bezig. Lang!' riep ze plotseling uit. 'Zou hij soms ook de directeur van de petroleumfabriek in zijn macht hebben?'

'De directeur?' vroeg Lang verbaasd.

'Natuurlijk!' riep Vlinder uit. 'Misschien al jarenlang, misschien heeft die man met het snorretje wel op hem geëxperimenteerd!'

'Maar waarom zou hij het op de rijkste man van de stad uitproberen? Wat moet hij daar?'

Nu keek Vlinder Lang aan.

'Weet je dan niet wie hij is?' vroeg ze. 'Die man met het grijze snorretje is de bediende van de directeur. Weet je niet meer dat hij bij hem was op de jaarmarkt?'

Lang knikte nadenkend.

'Ja, inderdaad, de directeur vroeg nog of de dromenverkoper nachtmerries verkocht.'

'Precies!' riep Vlinder uit, en 'Precies!' klonk haar echo vanuit de deuropening.

Geschrokken keken Vlinder en Lang op. Daar stond, met een geniepig lachje om zijn mond, de man met het grijze snorretje, Slobo, de bediende van de directeur van de petroleumfabriek.

'Wat ben je toch een slim meisje,' zei hij, en het venijn droop ervanaf.

Vlinder en Lang zaten op het hemelbed en konden geen kant op. Slobo kwam de kamer binnen en draaide zorgvuldig de deur op slot. De sleutel stak hij in zijn borstzakje.

'Waar is de dromenverkoper?' vroeg Vlinder.

'O, maak je over hem maar geen zorgen. Hij zit veilig in dromenland, van hem zullen we geen last hebben.' Slobo lachte vals.

'Eindelijk kunnen we gezellig met ons drietjes babbelen.'

Hij liep naar het bed en ging erbij zitten. Vlinder en Lang schoven angstig opzij.

Slobo keek naar Lang.

'Lekker geslapen, jongen?' vroeg hij. 'Ik hoop dat je ervan genoten hebt, want dadelijk is het voorbij.'

Hij frunnikte aan een koordje om zijn hals en haalde twee buideltjes tevoorschijn. Dat deed Vlinder denken aan de buideltjes die om haar eigen hals hingen. De amulet en de droom. Ze weerstond de neiging om ze aan te raken. Dit was niet het moment er de aandacht op te vestigen. Wel hoopte ze vurig dat de amulet werkte. Als hij haar echt beschermde tegen kwade krachten, dan moest ze dat nu merken!

'Ik heb hier twee prachtige nachtmerries voor jullie. Een voor jou en een voor jou.' Slobo keek Vlinder geniepig aan.

'Wat zijn jouw angsten, meisje? Daar ben ik nou zo benieuwd naar. Jammer dat je nog niet eerder hebt gedroomd, maar weldra zullen we het weten.'

'Nooit!' riep Vlinder uit. 'Ik ga jouw nachtmerries niet dromen, ik ben wakker en ik blijf wakker! Mij krijg je niet!'

Ze sprong van het bed en rende naar de deur. Ze rammelde aan de deurknop, maar kreeg hem niet open.

'Meisje toch,' reageerde Slobo hoofdschuddend, terwijl hij aan de buideltjes frunnikte. 'Dan ben je zo intelligent, maar dit begrijp je helemaal niet, jammer. Weet je wat het allermooiste is? Voor deze fantastische nachtmerries hoef je helemaal niet te slapen.'

Hij had een van de dromenbuideltjes opengemaakt en schudde het leeg. Vlinder zag een donkergroene nevel met zwarte strepen naar Lang zweven. Lang kermde gekweld.

'Nee!' schreeuwde Vlinder, maar niets kon de nevel tegenhouden. Lang kroop weg in een hoek van het bed, tegen het hoofdeinde gedrukt, zijn gezicht krampachtig vertrokken van angst.

Slobo stond langzaam op van het bed. Even bleef hij staan, neerkijkend op Lang, genietend van zijn angst. Daarna liep hij naar Vlinder.

'Kijk eens aan, nu zal ik er eindelijk achter komen wat jouw grootste angst is.'

'Donder op,' siste Vlinder.

'Meisje, meisje, wat wilde je nou helemaal beginnen? Je ontvangt een prachtige nachtmerrie. Ik ga deze kamer uit, jullie blijven hier. Wanneer ik terugkom, zijn jullie zo mak als lammetjes.'

Hij schudde het tweede dromenbuideltje leeg en Vlinder zag een zwart en donkerrood gestreepte nevel op zich afkomen. Ze probeerde ervoor weg te duiken, maar dat leverde alleen hoongelach van Slobo op. Vlak daarna was ze gevangen in het zwart en rood van de nachtmerrie. Ergens in de verte hoorde ze een deur open- en dichtgaan en iemand iets zeggen. Het volgende ogenblik stond ze op een slap koord, met onder zich een onpeilbare diepte. Ze wankelde hevig, maar wist op het slappe koord te blijven staan. Haar hart klopte in haar keel. Wat als ze naar beneden zou vallen? Ze kon haar ogen niet van de afgrond afhouden, ze keek naar het koord en probeerde de diepte onder zich te negeren, maar ze voelde zich gedwongen ernaar te blijven kijken. Ze spreidde haar armen voor het evenwicht, maar meteen begon ze te wankelen. Ze schreeuwde en wiebelde even. Toen hervond ze haar evenwicht. Ze probeerde een klein stukje naar voren te schuifelen.

Nee, dacht ze. Ze moest ergens anders naar kijken. Lang, ze waren toch samen? Ze keek op om te zien waar hij gebleven was, maar meteen verloor ze haar evenwicht weer.

'Lang!' riep ze, en ze wist niet of ze hem alleen maar zocht, of dat het ook een noodkreet was.

Ze kreeg geen antwoord.

Vlinder had hoogtevrees. Op een keukentrapje was ze al doodsbang. In bomen klimmen had ze nog nooit gedaan en als ze bij gymnastiek iets deden met touwklimmen of de evenwichtsbalk, kreeg ze altijd acuut buikkrampen of verzwikte ze haar enkel, zodat ze niet mee hoefde te doen. En nu stond ze hier op een slap, wiebelig koord, tientallen meters boven een afgrond.

De grond ver onder haar begon te draaien. Of werd ze zelf draaierig? Niet in de diepte kijken, gewoon rechtop blijven staan. Er waren genoeg andere dingen.

Vlinder deed haar uiterste best. Met al haar wilskracht lukte het haar om haar ogen los te trekken van de diepte

beneden zich. Ze richtte haar blik vooruit, een fractie van een seconde, toen begon ze zo hevig te wiebelen dat ze haar evenwicht verloor. Ze snakte naar adem. Wat moest ze doen? Het was natuurlijk maar een droom, maar het koord, de peilloze diepte, het was allemaal zo echt. Ze haalde diep adem en greep de buideltjes die om haar nek hingen. Op goed geluk stapte ze van het koord. Zodra haar voet de diepte raakte, was die een gewone vloer. Ze was in de kamer! Het grote hemelbed stond er nog en het was nog steeds schemerig.

'Het was een droom!' riep Vlinder uit.

Ze liep naar het hemelbed, maar zodra ze een stap verzette, stond ze weer op het slappe koord hoog boven de grond. Was het toch geen droom?

'Jawel,' mompelde Vlinder zacht tegen zichzelf. 'Het is een droom, het is niet echt.' Voorzichtig zette ze nog een stap en nog een. Ze viel niet, wel liep ze nog steeds op het wiebelige koord. Ze keek naar het bed, alsof het ieder moment kon verdwijnen.

'Ik droom, ik droom,' murmelde Vlinder. Ze moest naar het hemelbed, naar Lang, ze moest hem vertellen dat het maar een droom was.

'Lang!' riep Vlinder. 'Het is niet echt, je droomt!'

Lang hoorde haar niet, hij was verwikkeld in zijn nachtmerrie en sloeg en schopte om zich heen.

'Lang!' riep Vlinder weer. Ze ging naar hem toe en probeerde hem wakker te schudden.

'Nee!' schreeuwde Lang. 'Ga weg, vreselijk beest!'

'Ik ben het: Vlinder. Je droomt, Lang.'

Eindelijk werd Lang rustiger. Hij staarde Vlinder aan. 'Vlinder, die spinnen?' vroeg Lang.

'Ze zijn niet echt, het is een nachtmerrie,' zei ze. 'Jouw nachtmerrie, ik zie ze niet.'

'Ze zijn wel echt,' zei Lang. 'Hier, kijk, ze lopen overal, langs de muren, in de gordijnen ...'

Vlinder schudde haar hoofd.

'Nee, ze zijn niet echt, het is een nachtmerrie. Zeg tegen jezelf dat het een nachtmerrie is, dan verdwijnen ze vanzelf. Volgens mij droom je waar je het bangst voor bent. Jij bent bang voor spinnen, ik heb hoogtevrees. Kom, we moeten hier weg, we moeten de dromenverkoper zoeken.'

Ze sjorde aan Lang om hem overeind te hijsen.

'Kom, samen kunnen we onze nachtmerries overwinnen.'

De wenskamer

Samen schuifelden Vlinder en Lang door de donkere kamer naar de deur, elkaar stevig vasthoudend, fluisterend dat het niet echt was. Er kon hun niets gebeuren; het was een droom.

Lang liet Vlinder los en stak zijn hand uit naar de deurknop, maar voor hij hem aanraakte, zwaaide de deur al open.

'Dag, bangerikjes,' zei Slobo vanuit de deuropening. 'Hebben jullie fijne nachtmerries?'

Vlinder kon geen woord uitbrengen. Verlamd van schrik staarde ze naar Slobo, die breed grijnzend op haar af liep. Lang stond ver bij haar vandaan, naast de deur. Ze wilde hem roepen, maar hij hield zijn vinger tegen zijn lippen. Ssst!

'Waar is je vriendje?' vroeg Slobo. 'Is hij van angst in de gordijnen geklommen? Of zit hij sidderend en bevend onder het bed?'

Slobo kon Lang niet zien, want de openstaande deur zat tussen hen in. Hij kwam verder de kamer in en keek achter de gordijnen. Daarna sloeg hij de dekens van het hemelbed terug en bukte zich om eronder te kijken.

'Spinnetje, spinnetje,' zong hij.

Lang greep zijn kans. Hij sprong achter de deur vandaan, greep Vlinder bij haar arm en trok haar mee naar buiten, de overloop op. Hij trok de deur achter zich dicht en sleurde Vlinder met zich mee.

'Hee!' riep Slobo. 'Kom hier, rotkinderen!'

De deur knalde open en de woedende Slobo stormde de overloop op.

'Snel,' zei Lang zacht.

Hij opende de eerste de beste deur en sleurde Vlinder mee naar binnen.

'Wat ...' begon Vlinder, maar Lang gebaarde dat ze stil moest zijn. Allebei hielden ze hun adem in, terwijl ze luisterden naar de geluiden op de overloop. Slobo rende razend en tierend heen en weer.

'Rotkinderen!' schreeuwde hij. 'Waar zijn jullie? Wacht maar, ik krijg jullie wel!'

Ze hoorden het tikken van zijn voetstappen op de houten vloer, steeds dichterbij.

'Verdwijn,' dacht Vlinder. 'Vind ons alsjeblieft niet.'

Slobo liep hun deur voorbij, stond even stil en vervolgde zijn weg. Steeds zachter werd het geluid van zijn voetstappen, totdat ze niet meer te horen waren. Vlinder liet haar ingehouden adem ontsnappen en Lang keek haar aan.

'Hoe gaat het?' vroeg hij.

Ze grijnsde. Slobo was weg. Hij had hen niet gevonden. Haar wens was in vervulling gegaan. Even ging haar hand naar het touwtje om haar hals. Zou de amulet dan toch werken?

Ze bekeek de kamer. Hij was leeg. Een kale, houten

vloer, een donker plafond met dikke balken en ramen met luiken ervoor. Aan het plafond hing een schitterende kroonluchter, waardoor het niet donker was. Verder was er niets; er stonden geen tafels of stoelen, er was geen open haard, er hingen geen schilderijen aan de muur. Er waren zelfs geen gordijnen.

Vlinder deed een paar passen de kamer in en draaide rond. Haar voetstappen klonken hol.

'Wat een vreemde kamer,' zei ze.

Ze keek omhoog naar de balken en naar de muren. Zo'n lege kamer had Vlinder nog nooit gezien. Er was echt helemaal niets.

'Je zou bijna denken dat hier van alles verborgen zit,' fluisterde ze. Ze voelde aan de muren, of er misschien ergens een bewegend paneel zat.

'Zullen we de dromenverkoper gaan zoeken?' vroeg Lang ongeduldig.

'Hmm,' antwoordde Vlinder afwezig. Ze wilde de kamer onderzoeken. Ze was ervan overtuigd dat er iets bijzonders mee was. Langzaam liep ze erdoorheen, terwijl ze de vloer, het plafond en de muren afspeurde.

'Vlinder,' drong Lang aan. 'Straks komt die verschrikkelijke man terug.'

'Nog heel even,' zei Vlinder, maar eigenlijk wist ze zelf niet wat ze zocht. Wat ze zou kunnen verwachten, zag ze niet: een luik in de vloer, een verborgen deur.

'Vlinder,' zeurde Lang.

Vlinder zuchtte. Hij had gelijk, ze moesten de dromenverkoper zoeken. Misschien verkeerde hij in levensgevaar. Maar ze wilde liever niet terug naar de overloop, want stel dat ze die vreselijke Slobo weer tegenkwamen! Was er echt niet nog een deur in de kamer? Ze keek nog één keer rond, maar vond niets. Net toen ze zich omdraaide om Lang naar buiten te volgen, zag ze toch iets. Ze keek ernaar en daar, in de muur, verscheen een opening, waarin een klein lichtje flakkerde.

Verbaasd liep Vlinder ernaartoe. Was het echt, of was het weer een droom?

'Zie jij dat ook, Lang?' vroeg ze.

'Ja,' fluisterde hij. Hij stond vlak achter haar.

Vlinder stak haar hand uit om te onderzoeken of het geen gezichtsbedrog was. Dat was het niet. Vragend keek ze Lang aan. De opening was laag, de bovenkant kwam maar tot Vlinders borst. Ze stak haar hoofd erin en slaakte een verraste kreet.

'Het is een tunnel!'

Een lange, lage tunnel was het, smal, met een gewelfd plafond. Het was donker, op dat ene flakkerende lichtje na. Het sprong op en neer, alsof het ongeduldig riep: 'Kom nou!'

'Zullen we maar?' vroeg Vlinder, maar eigenlijk was het geen vraag. Ze stapte naar binnen en begon te lopen, het lichtje achterna. Lang volgde haar.

Het lichtje ging flakkerend vooruit. Het verspreidde een gelig licht in de donkere tunnel. Alles was van witte steen: de muren, het gewelfde plafond en de vloer. Wat er voorbij het lichtje was, konden ze niet zien. Hun voet-stappen maakten geen geluid. Vlinder vond het prach-tig. Het maakte niet uit dat ze gebukt moesten lopen; er was geen enkele reden om bang te zijn. Vlinder was ervan overtuigd dat ze Slobo hier niet zouden tegenko-men. Het leek wel een droom. Misschien was dat ook zo, maar dan een echte.

'Waar gaan we eigenlijk heen?' fluisterde Lang. 'Ko-men we zo wel bij de dromenverkoper?'

'Ja!' riep Vlinder uit. 'Zo komen we bij de dromen-verkoper!' Ze lachte, want nu begreep ze het: het was een droom, een wensdroom. Die lege kamer was helemaal niet leeg, hij zat juist helemaal vol! Vlinder had gewenst dat Slobo hen niet zou vinden, en hij liep de kamer voorbij. Ze wilden bij de dromenverkoper komen, en er verscheen een tunnel met een lichtje.

Wauw! dacht ze. Wat een cool kasteel!

Het lichtje danste voor hen uit, tot ze bij een hoge houten deur kwamen. Hier konden ze weer rechtop staan. Het lichtje verdween en de gang was een gewo-ne gang, breed en hoog en licht. Ze konden alles goed zien.

Op de deur zaten koperkleurige scharnieren en een grote handgreep om hem te openen.

'Zou hierachter de dromenverkoper zijn?' vroeg Lang.

Vlinder knikte. Het supergevoel was verdwenen. Mis-schien was Slobo daar ook.

'Doe de deur dan open,' zei Lang.

'Ja,' zei Vlinder, maar ze durfde niet. Het liefst ging ze door het tunneltje terug, achter het lichtje aan, maar toen ze omkeek, was er geen tunnel meer. Ze stonden in een grote hal, met marmeren plavuizen en kroonluchters aan het beschilderde plafond.

'Zal ik het maar doen?' vroeg Lang. Hij pakte de koperkleurige handgreep en draaide de deur open. Erachter ging een trap naar beneden. Lang daalde de trap af en Vlinder volgde hem. Ze kwamen in een donkere ruimte met een aantal deuren. Vlinder besefte dat ze hier al eerder was geweest.

'Waar is de dromenverkoper?' vroeg Lang.

Angstig wees Vlinder naar de deuren.

'Ik denk in een van die cellen,' zei ze met een bibberend stemmetje. 'We zijn in de kerker.'

Vlinders droom

Zachtjes liepen Vlinder en Lang door de kerker. Het was doodstil en de paar kleine lampjes aan de muur gaven net genoeg licht om het schemerig te laten zijn. Naast ieder lampje was een deur. Vlinder herinnerde zich de cel waar de dromen gemaakt werden. Het enorme buizenstelsel waar de dromen doorheen gingen, als vloeistof en als nevel, met al die verschillende kleuren. Vlinder kon zich niet voorstellen dat door diezelfde buizen ook nachtmerries konden gaan.

Ze wist niet meer in welke cel het was. Misschien die ene, waarvan de deur op een kier stond. Ze liep erheen, maar de cel was leeg. Een voor een bekeken ze de andere cellen. De deuren waren gesloten, maar in iedere deur zat een kijkgat, zodat ze naar binnen konden gluren.

'Hier zit hij,' fluisterde Lang algauw.

Vlinder liep naar hem toe en keek door het gat. De cel zag er hetzelfde uit als die waardoor Vlinder het kasteel was binnengekomen. Het was een kleine ruimte met hoog in de muur een vierkant gat waar zonlicht door naar binnen scheen. Op de grond, tegen de muur geleund, zat de dromenverkoper. Zijn ogen waren gesloten.

'Hij zit te slapen!' riep Vlinder uit. 'Hij zit opgesloten in een kerker en hij slaapt gewoon!'

'Ssst, niet zo hard,' siste Lang geschrokken. 'Straks hoort die Slobo je.'

'We moeten hem wakker maken,' zei Vlinder. 'Pssst, dromenverkoper! Wakker worden!'

Ze riep niet zo hard als eerst, maar toch gaf Lang haar een stomp. Hij keek haar boos aan, met zijn vinger tegen zijn lippen.

Vlinder bekeek de deur. Behalve het kijkgat zat er iets lager nog een opening. Hij was vierkant en Vlinder kon er gemakkelijk allebei haar handen doorheen steken. Er zat een luikje voor dat je open en dicht kon schuiven.

'Zeker om eten doorheen te doen,' mompelde ze.

Verder zat er op de deur een zware deurklink met een sleutelgat.

Ze rammelde aan de klink, maar de deur zat op slot.

'Wees nou toch eens stil!' siste Lang kwaad.

Het gerammel maakte zo'n lawaai dat de dromenverkoper wakker werd. Verbaasd keek hij om zich heen.

Vlinder zakte door haar knieën en met haar gezicht voor het eetluikje riep ze hem.

'Hallo,' fluisterde ze. 'We komen u bevrijden.'

Het duurde even voor de dromenverkoper haar zag. Moeizaam stond hij op en kwam naar de deur.

'Wie ben jij?' vroeg hij. 'Hoe ben je het kasteel binnengekomen?'

'Ik ben met Lang meegekomen,' antwoordde Vlinder.

Nu hurkte ook Lang voor het luikje.

'We komen u redden,' zei hij.

'Ach, jongens!' riep de dromenverkoper uit. 'Je weet niet wat je zegt. Het is hier veel te gevaarlijk voor jullie. Mijn broer is hiernaast bezig een nachtmerrie voor me te brouwen en ...'

'Uw broer?' vroeg Vlinder. 'Is Slobo uw broer?'

De dromenverkoper knikte moedeloos.

'Dit kasteel is ons familiebezit. We hebben het al eeuwen en steeds gaat het over op de oudste zoon, maar Slobo heeft niets met dromen. Zodra hij oud genoeg was, verliet hij het kasteel. Jarenlang zagen we hem niet en liet hij niets van zich horen. Waar hij geweest was, heeft hij nooit verteld, maar toen hij terugkwam, was hij veranderd. Opeens had hij heel veel belangstelling voor de dromen. Dag en nacht was hij in het laboratorium. Hij wilde niet alleen weten hoe de dromen gemaakt werden, hij experimenteerde ook met ingrediënten. Mijn vader was er ontzettend blij mee, maar na een tijdje kreeg hij argwaan. Op een keer betrapte hij Slobo in het lab toen hij een nachtmerrie brouwde. Ze kregen vreselijke ruzie en daarna werd mijn vader krankzinnig. Ik vermoed dat dat kwam door een nachtmerrie die Slobo hem had gegeven. Kort daarna vertrok Slobo. Mijn vader genas en zodra hij weer bij zinnen was, onterfde hij Slobo.'

'En toen zag u hem weer op de jaarmarkt,' raadde Lang.

De dromenverkoper schudde zijn hoofd.

'Hij was al een paar keer eerder naar het kasteel geko-men. Hij probeerde mij eruit te zetten, maar ik was min-der gevoelig voor de nachtmerries dan andere mensen. Maar dat is allemaal niet belangrijk. Jullie moeten gaan, voordat het te laat is. Als hij hier komt met de nachtmer-rie en hij ziet jullie ...'

Vlinder huiverde. Ze wilde niet nog een keer zo'n le-vende nachtmerrie meemaken.

'Maar als hij u een nachtmerrie geeft net zoals aan uw vader ...' begon ze aarzelend, en Lang vervolgde: 'En uw broer neemt het kasteel over ...'

'Dan word ik de machtigste man ter wereld!' klonk het achter hen.

Vlinder en Lang draaiden zich tegelijkertijd om en daar stond Slobo, triomfantelijk lachend, met in zijn hand een rond flesje met een smalle hals. Smaragdgroen, donkerblauw en inktzwart buitelden over elkaar heen en verdrongen zich onder de kurk.

Slobo lachte.

'Prachtig!' schaterde hij. 'Drie vliegen in één klap.'

Hij kwam dichterbij en Vlinder en Lang deinsden angstig achteruit.

Slobo bukte voor het luikje in de celdeur.

'Zo, broertje, wat zul jij lekker slapen!'

Hij hield het flesje met de nachtmerrie voor het luik-je en wrikte aan de kurk. Plotseling voelde Vlinder een enorme woede opkomen. Zonder na te denken sprong ze op Slobo af en gaf hem een flinke duw.

'Dat zal je nooit lukken!' schreeuwde ze.

Slobo viel tegen de deur, maar hij reageerde snel. Met zijn vuist haalde hij uit en hij raakte Vlinder op haar schouder. Ze schreeuwde het uit.

Ook Lang schreeuwde. Hij dook op Slobo af en probeerde het flesje te pakken te krijgen, maar Slobo was natuurlijk veel sterker en zijn reflexen waren razendsnel. Hij greep Vlinder bij haar arm en draaide die op haar rug. Ze kon geen kant meer op. Ze probeerde nog naar achteren te trappen, tegen zijn schenen, maar ze raakte niets.

'Zo meisje, wat wilde je nou?' siste Slobo in haar oor. Hij hield haar arm zo stevig vast dat het al pijn deed als ze bewoog. Als ze zou proberen zich los te rukken, zou haar arm vast breken. Lang probeerde het flesje te pakken, maar Slobo siste: 'Uit de weg, rotjongen, of ik maak moes van je vriendinnetje.'

Vlinder slikte. Ze wilde dapper zijn en tegen Lang zeggen dat hij toch de nachtmerrie moest afpakken, maar er kwam geen geluid uit haar keel. Ze merkte dat ze huilde.

Tot overmaat van ramp zag ze dat de buideltjes om haar hals boven haar kleren waren geraakt. Ze bungelden voor haar borst heen en weer. Iedereen kon zien dat ze een amulet had. Ook haar droom kon ze niet langer verborgen houden, de droom van een betere wereld. Ze dacht aan die keer op haar kamer, toen ze naar de droom keek en zo'n gelukkig gevoel kreeg. Haar droom was geen

100

nachtmerrie. Ze kreeg spijt dat ze hem die nacht niet had gedroomd. Ze was stom geweest; nu had ze er niets meer aan. Als Slobo hem zou afpakken, was het allemaal voorbij. Hij zou de droom willen vernietigen, of veranderen in de allerafschuwelijkste nachtmerrie. Hij haatte een mooie wereld. Voor Slobo zou Vlinders droom van een betere wereld een nachtmerrie zijn.

Ondanks alles verscheen er opeens een glimlach op Vlinders gezicht. Ze kreeg een fantastisch idee. Langzaam, voorzichtig, bracht ze haar vrije arm omhoog naar haar borst. Vlinder voelde het buideltje en op de tast peuterde ze het open. Het was lastig met één arm en ze moest oppassen dat Slobo het niet merkte. Ze friemelde aan het koordje, probeerde het met haar tanden en uiteindelijk kreeg ze het touwtje los. Niemand had op haar gelet. Ze hield het buideltje in haar vuist en zei: 'Zeg Slobo, heb jij eigenlijk wel eens een nachtmerrie gehad?'

Op hetzelfde moment wierp ze het buideltje in zijn gezicht. De gekleurde droomflarden kringelden om zijn hoofd.

'Nee!' gilde Slobo, terwijl hij de nevel van zich af probeerde te slaan.

Vlinder voelde hoe Slobo's greep verslapte. Ze draaide zich om en keek naar hem. Vlinders in alle kleuren fladderden om zijn hoofd. Zijn gezicht werd vriendelijker. Vlinder kreeg zelf ook een gelukkig gevoel en ze zag aan Lang dat ook hij een stukje van de droom meekreeg.

Toen keek Slobo hen aan en glimlachte vriendelijk.

'Hallo,' zei hij, alsof hij hen voor het eerst zag. Verward staarde hij voor zich uit, totdat hij zich bewust werd van het flesje in zijn hand.

'Wat is dit?' vroeg hij.

'Een nachtmerrie,' zei Lang. 'Een vreselijke, afschuwelijke nachtmerrie die je aan je eigen broer wilde geven.'

Lang wees naar de cel en Slobo tuurde door het kijkgat. 'Nee!' riep hij uit. 'Wat doe je daar?!'

Hij greep naar zijn broekzak en haalde een grote sleutel tevoorschijn. Zodra de celdeur open was, pakte Slobo de dromenverkoper bij zijn schouders en omhelsde hem.

'Broertje,' zei hij, en de dromenverkoper lachte.

Vlinder keek er verbaasd naar. Was de dromenverkoper niet boos? Moest Slobo niet gestraft worden? Ze begreep er niets van.

Met de armen om elkaar heen verlieten Slobo en de dromenverkoper de kerker. Ze keken Vlinder en Lang niet eens meer aan.

'Zijn ze ons vergeten?' vroeg Vlinder.

Ze kreeg geen antwoord. Lang staarde glazig voor zich uit. Ze gaf hem een por en hij keek haar aan.

'Vlinder,' stamelde hij beduusd. 'Was dat je droom?'

De waarzegster

Vlinder, Lang, Slobo en de dromenverkoper stonden buiten, voor het kasteel. De lucht kleurde roze van de ondergaande zon en ver onder hen kabbelde het water tegen de rotsen. Een donkere auto stond voor het kasteel en voor het eerst zag Vlinder het smalle weggetje dat langs de rots naar beneden voerde.

'Goede reis,' zei de dromenverkoper, terwijl hij Vlinder en Lang de hand schudde.

'En droom fijn,' voegde Slobo eraan toe.

Vlinder en Lang grijnsden. Ze hadden allebei vijf dromen mogen uitzoeken, het maakte niet uit wat. Lang had er zelfs een voor een maand en Vlinder had een heel bijzondere, over het dromenkasteel met de waakdromen, de wenskamer en een heleboel geheimen die ze nog niet ontdekt hadden. De dromenverkoper had nog nooit zo'n droom gemaakt en eigenlijk wilde hij dat liever niet, maar speciaal voor Vlinder had hij het toch gedaan.

Nog één keer keek Vlinder om zich heen, voordat ze in de donkere auto stapte. Wie de auto bestuurde, wist ze niet. De chauffeur had een donkere cape om en zijn gezicht was verborgen onder een grote capuchon.

Nog even zwaaiden ze naar de dromenverkoper en Slobo. Toen volgden ze het hobbelige weggetje steil de berg af, naar het water. Vlinder vroeg zich af of ze weer met het roeibootje zouden moeten, maar er was een lange, houten brug die naar het vasteland ging. De planken rammelden onder de auto en Vlinder was blij toen ze weer op een normale weg reden.

In de auto was het stil. Vlinder en Lang waren nog vol van alle gebeurtenissen en de chauffeur zei ook niets. Vlinder dacht aan alles wat er gebeurd was. De dromen, de nachtmerries, de dromenverkoper en de jaloerse Slobo, die macht wilde over de hele wereld. Ze was nog steeds verbaasd over het effect dat haar droom had gehad. De gemene, jaloerse Slobo was plotseling vriendelijk geworden. Ze hoopte maar dat hij zo bleef, maar dat zou ze vast nooit te weten komen. Ze keek achter zich, waar het kasteel donker afstak tegen de zonsondergang.

Misschien, dacht ze, word ik straks wakker en blijkt dat ik alles alleen maar gedroomd heb.

Even keek ze opzij naar Lang, die uit het raampje staarde. Nee, ze had het niet gedroomd. Tevreden keek ze ook naar buiten. Vreemde gebeurtenissen waren het. Er was vast niemand die het zou geloven, behalve dan misschien tante Parel. En de waarzegster, dacht ze ineens, die vreemde vrouw, die steeds weer onverwacht opdook. Vlinder huiverde even. De waarzegster had haar telkens gewaarschuwd om niet met Lang mee te gaan. Stel dat ze daarnaar geluisterd had! Dan had ze dit allemaal niet meegemaakt. Dan had haar droom er niet voor gezorgd dat er een eind kwam aan alle nachtmerries. En dan was

Lang misschien wel een slaaf van Slobo geworden. Brr, daar moest ze maar niet te lang over nadenken.

Sneller dan ze gedacht hadden, waren ze bij het station. De sneeuw was inmiddels gesmolten. Vlinder en Lang stapten uit de auto en ademden de vrieslucht in. Ze pakten hun tassen en Vlinder bedankte de chauffeur. Nog steeds hadden ze zijn gezicht niet gezien, maar nu draaide hij zijn raampje omlaag en Vlinder hield haar adem in. Het was geen man.

'Graag gedaan, hoor,' zei ze. 'Ik wist dat je iets bijzonders zou betekenen voor de wereld, maar niet precies wat.'

Ze stak haar arm uit en pakte Vlinders hand.

'Mooi meisje, mooie toekomst!' kakelde ze, plotseling weer met haar vreemde accent.

Vlinder schrok ervan.

Toen keek de oude waarzegster naar Lang.

'Alleen in jou heb ik me vergist. Dat gebeurt me niet vaak, moet ik bekennen.'

Ze knikte kort en draaide het autoraampje weer dicht. Vlinder en Lang keken de wegrijdende auto lang na. Samen liepen ze naar het verlaten perron. De zwarte trein kwam er al aan.

Monique van der Zanden
De fantastische foto's van Tim Tango

Een camera die alles ziet wat wij mensen normaal niet
zien, die verborgen dingen zichtbaar maakt … is dat
geen droom?
Mijn oom, Tim Tango, heeft hem uitgevonden!
Elke woensdagavond, terwijl de vlammen van het
haardvuur spookachtig over de muur flakkeren, vertelt
hij me de kippenvelverhalen die bij zijn griezelige foto's
horen …

Met tekeningen van Walter Donker

Arend van Dam
Gebakken juf met kiwisaus

De komst van een nieuwe juffrouw gooit alles over-
hoop in de klas van Morrie, Paul en Fenton, drie
Maori-jongens in Nieuw-Zeeland. De jongens komen
in actie: juffrouw Kingsbury moet verdwijnen. Froukje,
een Nederlands meisje dat sinds kort in Nieuw-Zeeland
woont, helpt hen. Maar het resultaat is dat ze zelf van
school worden geschorst. Brownie, een Maori-leider,
helpt Froukje en de jongens met het ontdekken van
hun wortels. Samen gaan ze op survivaltocht. Door de
avonturen die ze beleven, gaan de jongens langzaam be-
grijpen wat het betekent om een Maori te zijn.

Met tekeningen van René Pullens